『列国纪行』系列丛书

# 自我与他者的对话

"列国纪行"系列丛书编委会 编

外语教学与研究出版社
北京

## 图书在版编目（CIP）数据

自我与他者的对话 /"列国纪行"系列丛书编委会编 . —— 北京 ：外语教学与研究出版社，2025. 4. ——（"列国纪行"系列丛书）. —— ISBN 978-7-5213-6264-0

I. I267.4

中国国家版本馆 CIP 数据核字第 2025E887S6 号

本书部分图片来源：视觉中国、站酷

## 自我与他者的对话

ZIWO YU TAZHE DE DUIHUA

出 版 人　王　芳
项目统筹　钱垂君　王　琳
责任编辑　赵璞玉
助理编辑　杨馨园
责任校对　牛茜茜
装帧设计　姚雅雯
出版发行　外语教学与研究出版社
社　　址　北京市西三环北路 19 号（100089）
网　　址　https://www.fltrp.com
印　　刷　北京盛通印刷股份有限公司
开　　本　720×1000　1/16
印　　张　13.5
字　　数　153 千字
版　　次　2025 年 4 月第 1 版
印　　次　2025 年 4 月第 1 次印刷
书　　号　ISBN 978-7-5213-6264-0
定　　价　98.00 元

如有图书采购需求，图书内容或印刷装订等问题，侵权、盗版书籍等线索，请拨打以下电话或关注官方服务号：
客服电话：400 898 7008
官方服务号：微信搜索并关注公众号"外研社官方服务号"
外研社购书网址：https://fltrp.tmall.com

物料号：362640001

记载人类文明
沟通世界文化
www.fltrp.com

# "列国纪行"系列丛书

序言

# 微观世界，纪行全球

王定华　贾文键

　　人民友好是国际关系行稳致远的基础，是促进世界和平与发展的不竭动力。民间交往，是普通民众之间的跨文化互动，形式多样，涵盖旅游、留学、艺术交流和公益活动等众多领域。这种交流贴近个体的日常生活，真实而生动，作为国家间交往的重要补充形式，为国家间的理解与合作注入了鲜活的力量。民间交往中的故事往往归属于那些充满生活气息的"微小叙事"，这些故事深情而细腻地聚焦于个体的日常生活与地方性的独特经验，它们或许在表面上显得平凡无奇、微不足道，然而，正是通过这些看似琐碎的细节描绘和真实可感的情境再现，折射出更为广阔的社会风貌、深厚的文化底蕴以及复杂多变的历史变迁，从而成为我们理解世界、感悟人性的重要窗口。这些微小却真实的叙事，揭示了国家关系背后的真实道理，成为增进国际理解与合作的重要纽带。

　　在全球化和数字化的今天，"微小叙事"价值愈发凸显。它不仅是个体表达的重要方式，更是文化交流、社会理解和国家形象塑造的有力工具。在信息爆炸的时代，这些真实又富有温度的故事，能够跨越文化隔阂，拉近彼此距离，增进相互理解。正是在这样的背景下，"列国纪行"系列丛书应运而生。

"列国纪行"系列丛书记录了近年来一些身份不同、背景各异的中国人在海外的所见、所闻、所思和所感。每一个故事，都分享了一段独特的旅程，讲述了中国人如何与异域文化深度接触与交流，如何在异国他乡奋斗与成长，如何在陌生的土地上扎根，如何与不同文化的人群相处，以及如何在全球化的浪潮中找到自己的坐标。这些丰富多彩的故事，不仅仅是一个个鲜活个人的独特经历与深刻记忆，更是所处时代风云变幻、社会风貌更迭的缩影，它们如同一面面镜子，映照出历史长河中的点点滴滴。这套丛书并非简单的游记汇编，而是意义深远的文化桥梁。一方面，它为国人开辟了一条全新的理解世界的路径。过去，我们常通过新闻报道或学术研究等宏观视角认识世界、了解世界，而这套丛书则将目光聚焦于个体，通过普通人的亲身经历，带领读者走进世界的每一个细微角落，感受街头巷尾的烟火气，触摸历史建筑的沧桑纹理，体会不同社会习俗背后的情感与价值，让世界变得更加鲜活、立体、触手可及。另一方面，它为区域国别研究提供了独特的民间视角。这些真实故事和切身感受，能够以其多样、入微的生活场景和文化现象，为专业研究补充鲜活的感性素材，揭示那些隐藏在数据和报告背后的人文细节，帮助社会各界以更加全面细致、深入透彻的视角观察和理解不同国家和地区。

此外，"列国纪行"系列丛书还肩负着双向沟通的使命。对内，它让中国读者通过这些故事拓宽视野，更加深入地理解世界的多样性，培养全球视野与开放胸怀，消除因地域距离和信息闭塞带来的陌生与隔阂，从而在国际交往中更加自信从容。对外，这些展现普通中国人在海外生活的篇章，向世界传递了中国的声音，展示了中国人民友好、进取、包容的一面，让世界看到一个真实、立体、全面的中国，从而在心灵深处建立起一座座理解与尊重的桥梁，不断增进各国人民之间的相互理解、信任与合作。

北京外国语大学和所属外语教学与研究出版社（外研社）精心组建了"列国纪行"系列丛书编写委员会和工作委员会，确保丛书的高质量呈现。编写委员会汇聚了国内政治、经济、文化、教育、外交等领域的知名专家学者，他们深耕中外交流与海外传播领域，为丛书筛选优质稿件并把控内容方向，确保每一篇文章既能体现独特个体感悟、细腻情感与深邃思考，又能紧密契合当下社会的发展趋势、文化需求以及读者的广泛共鸣，力求在展现个性化的同时，也具备时代性、前瞻性和广泛的社会价值。工作委员会则负责各项工作的全流程落地，从联系作者、接收稿件，到编辑校对、装帧设计，再到印刷发行、宣传推广，力求精准传递文字的思想与情感，真实呈现图片的细节与意境，并通过外研社的广泛发行网络，将这套丛书推向国内外，既让国人感悟异国风情，又让世界倾听来自中国民间的跨国故事，扩大丛书的国际影响力。

衷心希望"列国纪行"系列丛书成为时代忠实而敏锐的记录者，成为中外交流坚固而宽广的桥梁，成为连接你我与世界无形而强韧的纽带。愿每一位翻开丛书的读者，都能跟随作者的足迹，游历五洲四海，感受世界的脉动，汲取智慧与力量。让我们通过这行行文字和幅幅画面，共享信息，共情感受，共筑梦想，感受文化交融的深意，让中国与世界越走越近，共同创造更加美好的未来。

2025 年 4 月 23 日（世界读书日）

（王定华，北京外国语大学党委书记；

贾文键，北京外国语大学校长）

# 目录

人在

旅途

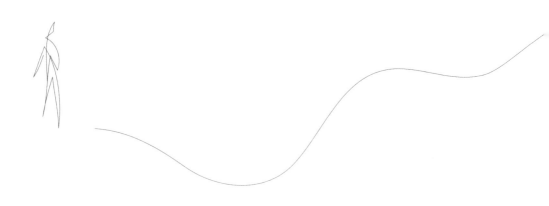

生活

在别处

# 教育

## 见闻

人物

故事

人在

旅途

# 印度纪行

格非<sup>*</sup>

## 抵达

得知我要去新德里开会，一些去过印度的朋友纷纷打来电话。他们叮嘱我一定要去医院注射 3 种以上的疫苗，我的一位研究生也持有相同的看法。她刚从印度回来，因为疟疾在医院躺了两个多月。最骇人听闻的告诫来自一位律师，据说他在新德里的大街上买了一瓶矿泉水，喝到最后发现瓶底有一条小鱼，而且还是活的。他们建议我除了麦当劳外，什么饭店也不要进去。我却对这些建议一概置之不理，因为我从小生活在农村，从水缸里舀水喝，喝到小鱼的情况并不罕见。再说疟疾毕竟不是艾滋病，正常情况下用不着过分担心。可所有这些传闻使我妻子的担忧急剧增加，她在互联网上徒劳地搜寻"印度中心"（我即将落脚的宾馆）的相关资料，最后一无所获。她只得在我的旅行包中塞满了五颜六色的神秘药丸和消毒剂，来抵消自己的忧虑。

---

* 格非，清华大学文学创作与研究中心主任，中国当代作家，中国作协副主席。

诗人西川在10年前曾到访过印度，毫无争议地，他成了我们这伙人实际上的领导。他在旅途中不断向我们许诺说，一出机场就能看见牛和大象，毫无经验的我们只能信以为真。而事实上，在飞机落地后随之而来的不是期待中的魔幻情景，而是这样一个真理：经验这种东西往往最不可靠。新德里机场的准现代化设施已足以让西川为之惊愕了，只见他孤独地站在机场的出口处四下张望："咦？牛呢？"

一辆面包车载着我们向新德里进发。随着汽车颠簸的频率逐渐放缓，尘土的气味越来越淡，车窗外的街道、树木和房屋也显得越来越整齐。当汽车进入新德里的使馆区时，空气中已经能够嗅到鲜花和植物的清香，天空竟然蓝得有点神秘。新德里交警戴着防毒面具执勤的传闻被证明是无稽之谈。

快到目的地时，我们才意外地发现，在长达1个多小时的车程中，面包车两侧的后视镜居然都是闭合的。我们问司机为何不打开后视镜时，他的回答同他流利的英语一样令我们印象深刻。"用不着，"他说，"后视镜打开了会妨碍停车。"

"印度中心"是一家会员制的酒店，不对一般游客开放。风景宜人，设施现代，据说是印度上流社会显达人士的宴游雅集之所。

一天晚上，我和西川正在餐厅外吸烟，五六名身穿迷彩服、斜挎钢枪的印度士兵突然出现在我们面前，把我们吓了一跳。我观察到西川并没有马上逃跑的迹象，也就故作镇定，对威猛的士兵们报以和蔼的微笑。原来，这几名军人是护送一位印度政要来酒店餐厅用餐的。当我们回到餐厅时吃惊地发现，这名政要的饭桌竟就在我们近旁。荷枪实弹的士兵和政要的光临只能证明这样一个事实：这家餐厅在新德里非常著名。当得知我们在这里所有的花销，包括咖啡和茶点全都免费时，我们的感动就有了些许梦幻色彩。托印度神灵降福，我们在这家旅馆的一切都还称心如意。

也有烦心的事。在"印度中心"的第一个晚上，我和住在隔壁的欧阳江河聊天至午夜才上床睡觉。可刚睡了没多久，忽然听到窗外有人在唱歌。那是一个深沉圆润的男中音，歌声婉转、优美而绵密。歌声的作用力与我进入梦乡的努力方向相反，把我的睡眠弄得又薄又脆，犹如初冬湖面上的浮冰。可一开始我并不担心，按照我以往的经验，他唱一会儿自然会累的，可是他竟然一连唱了四五个小时，直接让我在无比清醒的状态下迎来了新德里的第一缕曙光。睡觉自然是不可能了，剩下的只是一个积攒已久的可笑念头：我想看看这个蹲在我墙根下唱了一夜的歌者到底是一个怎样的人。

我拉开窗帘，看见一个临时搭建在庭院中的低矮棚屋。屋顶上铺着塑料布，上面压着几块砖头。那个唱歌的人带着他的两个孩子正在晨炊：在屋外的空地上，两三块红砖架起一个破铁锅，父亲趴在地上吹火，却吹出了一团团浓烟。两个孩子都只有四五岁，光着屁股，跌跌撞撞地四处寻找树枝和木块。他们的母亲蹲在地上，在一块木板上摊面饼。父亲仍然在唱歌，他的歌声即便不是愉悦的，也是令人愉悦的。我长久地注视着窗外的这一家人，心情忽然变得黯淡而悲伤。不过，最让我震惊的也许并不是他们的生活有多么的贫困和简陋，而是这种近乎赤贫的生活与豪华使馆区的高级酒店挨得如此之近，就像粘在一起的情侣的嘴唇。

西方的资产阶级一旦发迹后，第一个想到的就是让穷人在他们的视线中消失，将他们赶得越远越好，在此基础上建立起完备的人道主义话语系统。而中国有些富人在追随西方的脚步上已青出于蓝：他们甚至在购买住房时都要去丈量自己与所谓"回迁户"的距离，尽可能让穷人不存在于自己的视线之中，以便与自己曾经作为穷人的过往记忆彻底诀别，洗去被意识形态建构起来的所谓羞耻感。我的意思倒不是说，在印度社会中完全不存在富人对穷人的排斥和远离。尽管印度的贫民窟数量远远多于中国，印度的等级观念也比中国严苛得多，但贫富杂居的现象仍然十分普遍。尽管杂处双方贫富悬殊导致的强烈视觉对比，不由得让人感到触目惊心，但奇怪的是，穷人和富人双方互为镜像，仍旧能泰然自若。

不过，第二个夜晚我睡得很踏实。午夜过后，低沉的男中音仍然在延续，但我并不慌乱。在我将歌声想象为30多年前《大篷车》和《流浪者》的电影插曲之后，强烈的怀旧情绪很快就带我进入了梦乡。

## 在新德里

凡是到过印度的中国人都喜欢将两个国家的方方面面加以比较，比较的范围涉及国内生产总值、一般社会状况、发展模式、教育、经济，乃至军事。这或许是一种本能，据说印度的朋友们也有同样的嗜好。我们这次来印度，是应《准岛屿》杂志社的邀请，参加在新德里举办的中印作家会议。这是一个难得的机缘，为我们近距离了解印度的文化和知识界的状况提供了契机。按照阿希斯·南迪先生的描述，这是中印作家之间第一次较大规模的文化交流活动。因此，南迪先生动情地将这次交流描述为两个文明（而非文化）之间的对话，就变得可以理解了。在中印作家会议举办的同时，南迪先生的退休仪式也在新德里举行。来自世界各地的学者齐聚这里，向这位享誉国际的著名学者表达敬意。出人意料的是，南迪先生不仅参加了大部分对话活动，还在第一次的会议上做了长篇发言。

南迪发言之后，会议的主持人、《准岛屿》杂志主编莎米斯塔·莫汉蒂女士，特别邀请中方学者李陀先生对南迪的发言进行回应。李陀在对南迪的即兴发言做了简单的评述之后，立即将话题转入到对"现代主义"的反思领域。

接下来的两天会议，由莎米斯塔和北岛共同主持，仍由来自中国香港岭南大学的沈双教授担任翻译。虽然大部分印度作家的英语都十分出色，但印度语言状况的复杂程度却远远超出了我们的想象。据说，印度现在通行的语言就多达 20 几种，有几位印度作家的发言需要通过多种语言的翻译，才能最终转换为汉语。显而易见，翻译的困难、理解上的歧义导致了会议的冗长。

在新德里的 4 天里，印度方面为我们安排的活动十分频密。除上午的会议之外，下午通常安排游览观光或走访新德里的贫民街区，晚上则举行诗歌和小说朗诵会，甚至还请来印度有名的歌手来酒店举行演唱会，其目的大概是为了让我们在短暂的停留期间，尽可能多地了解印度的方方面面。

在贫民街区一栋破旧建筑的二楼，我们被邀请参加一次座谈。新德里知识界通过基金会的资助，在这个街区设立了一个教育支持项目。参加这个项目的都是十几岁的孩子，他们中的绝大多数没有机会接受正规教育，因此在繁重的体力劳动间隙，自愿参加这个项目的学习活动。教师由学者、作家和艺术家担任，人员的选择既注重知识和道德水平，也充分考虑到个人就业状况。比如，这个项目的主要负责人就是一位腿脚不便的艺术家，他博学、谦逊、敬业的态度给我们留下了难忘的印象。我的第一感觉，这个项目好像有些类似于中国 20 世纪五六十年代的农民夜校，可稍作了解又发现两者完全不同。这个项目的初衷并不是为了帮助这些贫穷的孩子识字，或接受一般的文化教育，而是通过辅导孩子写作、绘画、摄影，让他们学会用自己的眼睛去发现、记录日常生活的美和真实，从而发出他们自己的声音。一位教师介绍说：他们正在进行的一个计划，就是指导孩子们通过照相机的镜头去保存街区的日常生活记忆——这些街区在印度现代化的进程中，每时每刻都在发生巨大的变化。孩子们创作的文学作品中有很多已经公开出版发行，其中有一些被译成了外语。这个简陋却又非常整洁的工作室给我们带来了持久的感动。为了将工作室不多的几张椅子让给我们，孩子们一律席地而坐，看上去既严肃又天真，既热情又保持自尊，每个人都俨然是一个哲学家。

在交谈中，他们不时引用德里达、福柯、卡夫卡和本雅明，让所有在场的中国作家惊诧不已。

## 去阿格拉

从地图上看，阿格拉和新德里似乎挨得很近。据当地的旅游手册介绍，两地相距 200 多千米，只需 3 个多小时的车程。可我们前往阿格拉的行程却超过了 12 个小时，交通拥堵并不是唯一的原因。

出发时，北岛告诉我们，在前往阿格拉的途中，我们会经过一个著名的寡妇村。按照印度的宗教和习俗，丈夫去世后，妻子不仅不能改嫁，而且要被集中到某个村庄里一起居住，直至终老。北岛所说的这个寡妇村，同时也是印度有名的黑天神克里希纳的故乡。西川对克里希纳怀有浓郁的敬意，姜杰和翟永明两大美女对寡妇们的生活状况颇为关切，我和欧阳江河很想看看那些传说中宏伟而古老的寺庙，李陀呢，则对一切都有兴趣。而正是我们临时前往寡妇村的动议，导致了印度司机的迷路。

这个村庄依河而筑，河水并不清澈，寺庙却足够古老。由于不通公路，我们只能临时雇用三轮车前往。村里有些孩子在河里抓鱼，僧侣和行乞者安卧在水边的地毯上，用智慧和空落的眼神打量着我们。村里的居民就居住在这些望不到边的寺庙之中，中午的阳光沉寂而慵懒。印度小说家艾伦不时跑前跑后，告诫我们一定要保护好鼻梁上的眼镜，因为据他说，这里的猴子对游客们眼镜的嗜好近乎变态。不过在烈日之下，猴子们大多像先知一般肃穆，它们远远地团坐在寺庙的屋顶上捉虱子，连看都懒得看我们一眼。

翟永明一刻不停地在拍照，快门的"咔嚓"声仿佛就是她从心底里发出的一声声赞叹。她一边拍照，一边透过厚厚的墨镜不时地东张西望，若有所待。我猜想她是在搜寻寡妇们的踪迹。可是我们沿着河边的石阶一直走到村子的尽头，寡妇们还是踪迹皆无。但印度毕竟是神秘的，所有的传说和预言都将应验，丝毫不爽。正当我们坐上三轮车打算离开时，一个身披白纱的寡妇飘然而至，我们甚至都不知道她从何而来，仿佛是神灵为了打消翟永明的疑虑直接让她从天而降。

她朝我们微笑，并伸出一只苍老的手。我给了她20卢比，她就向我不断鞠躬，并走过来摸我的皮鞋，为我祈福。我不知如何还礼，只能用她听不懂的汉语祝她老人家长命百岁。翟永明又开始疯狂地拍照，拍着拍着，她就不动了，并吃惊地张大了嘴巴。人群中也出现了些许骚动。一只身手矫健的猴子像闪电一样蹿到了艾伦的三轮车上，温柔地趴在艾伦的肩上，友好而熟练地摘下艾伦的眼镜，然后逃之夭夭，整个过程中艾伦根本来不及作出任何反应。当他意识到自己的眼镜被摘时，猴子已经站在高耸入云的寺庙之巅向我们挥舞它的战利品了。

事后我们想到，这只猴子在众多的游人之中挑中艾伦，也不是无缘无故的。艾伦是预言者，预言也必定在他身上得到印证。艾伦是一个深度近视，没有眼镜即与盲人无异，因此，他再慷慨也没有办法将失去的眼镜转化为馈赠猴子的礼物。于是，经过短暂的动员，寺庙的屋顶上出现了大批的捉猴者。他们大多是身穿短裤的孩子，看着他们在屋顶的瓦楞上奔走如飞，如履平地，我们虽非先知，却也已经能够判断出，那只淘气的猴子注定要被捉住，眼镜必将有惊无险地回到艾伦的手中，而艾伦则会付出相当昂贵的佣金。印度是神秘的，但绝非神秘到让人不可理解。

我们抵达阿格拉的时候已经是傍晚时分。我们在市中心的一家咖啡馆里稍作休整。阿格拉看上去是一个颇具现代气息的小城，世界各地的游客云集这里，繁华中依然透着幽静。街道整洁别致，店铺奢华而富有情调，店员们则彬彬有礼。我们每个人都在古董店里买了一幅印度的细密画。

不过，我们的旅游车离开市中心还不到 10 分钟，一切都迥然不同了。城市的大街上居然没有安装路灯，使得我们无法真正看清周围的喧闹究竟源于何处。很快，司机再次迷了路。

我们居住的地方是印度有名的西格里城堡，距离阿格拉约 40 千米。艾伦曾在城堡附近的乡村里居住多年，为他的长篇小说收集材料。在他的心目中，西格里的玄妙丝毫不亚于闻名世界的泰姬陵。那一天，正逢印度的黄道吉日，不时有婚礼的花车在乡间公路上疾驰而过，歌声与欢笑不绝于耳。我们的旅馆看上去更像一个遁世者静修的寺院，令人联想到它或许就是西格里"幽灵之城"的一个部分。赤砂石砌成的客房围出一个空旷的大院子，院里院外树木繁茂，透出满天的繁星。遗憾的是旅馆不时停电，而且窗户没有安装玻璃，无法阻隔窗外婚庆的喧闹，也无法抵御蚊子的袭击。

第二天，我们在印度作家朋友的陪同下，被安排游览西格里城堡和泰姬陵。

相传在16世纪中叶，莫卧儿帝国的统治者阿克巴，因祈子得福，决定在这里兴建一座城市，以纪念圣者谢赫·沙利姆·奇斯蒂被应验的预言。1571年阿克巴将国都由阿格拉迁来此地，至1585年整个城市废弃不用，前后只有短短的14年时间。

小说家艾伦带领我们来到皇宫的西北角，查看岩石高原下干涸的河道，取水和蓄水的复杂装置，以及像血管一样蜿蜒曲折的水道。这些脆弱的给水线与宏伟壮丽的城池同样让人惊心动魄，使得富丽堂皇的清真寺、圣庙、内宅和花园变得虚幻。建筑的坚固和精美寓示着时间的永恒，而废弃作为一种相反的力量也在一刻不停地提醒着那些建造者和设计师。其中的潜台词也许是：建造的目的之一就是废弃，而永恒不过是转瞬即逝的另一种说法。建造意味着对废弃的平静接受，也象征着对虚无的克服。正是这种复杂的纠缠造就了西格里城堡的惊世之美。法塔赫普尔·西格里，这座胜利之城不仅见证了阿克巴远征西印度的凯旋，也蕴藏着时间的所有奥秘。

而于之后开始兴建的泰姬陵，在我看来，与西格里城堡具有完全相同的性质，只不过前者的辉煌与美丽更加动人心魄。它的构思与设计体现了伊斯兰建筑的宏伟与精美、肃穆与典雅、重与轻、有限与无限的完美统一。一走进陵园，我们会同时看到两个泰姬陵：一个矗立于远处，

另一个倒映在清澈的水道的波光之中。水道两旁的果树和松树则分别象征着生命与死亡。

据说陵墓的形貌与色彩在一天 24 小时中一直在发生奇妙的变化，而最美的时刻正是月圆之夜。作为世界上最美丽的建筑之一，泰姬陵更像是一部哲人之书，而它的主题同样是时间。

与阿克巴的"灵机一动"所不同的是，泰姬陵的建造者沙·贾汗决定倾举国之力、不惜任何代价建造这座陵寝，有着明确的现实动机，那就是宠妃阿姬曼·芭奴的死亡。两万名工人历时大约 22 年，最终成就了这个不可能的奇迹，而沙·贾汗的厄运也随之降临。他对于自己不计

/ 泰姬陵

后果的行为所导致的政治风险并非一无所知，民穷财尽不过是导致他被
废黜的表面原因。他决意在人间建立天堂这一行为本身即被视为疯狂，
他的决断、勇气和激情与帝国的政治背道而驰，也超越了世俗的想象
力。但他一意孤行，毫不动摇，因为他深知时间的奥秘。他知道世俗的
一切荣耀和财富，甚至包括爱情本身都会烟消云散，而唯有忧伤的泪水
在岁月的更迭中永不风干。

　　在印度诗人泰戈尔看来，泰姬陵就是那一滴晶莹的泪珠。在返回
西格里的途中，北岛将泰戈尔的那一段著名语录译成汉语并高声朗诵，

终于触动了诗人欧阳江河的伤怀，导致他旁若无人地喃喃自语和放声痛哭。

## 返回

短短一周的印度之旅，不仅颠覆了我们所有对于印度的想象，也使习惯上通过新与旧、中与西的比较而建立起来的近代历史观发生了根本上的动摇。我原以为，英国的殖民统治会使印度的现代化进程减少阻力，实际的情形恰好相反。印度古老文明在近代的殖民史中几乎未受撼动。作为一名游客，任何简单的印度观感，都必然涉及一系列"反与正"的交织：比如古老文明与现代国家，民主政治与政府效率，秩序与混乱，苦难与幸福，英语的普及与本土语言的混杂，随处可见的贫民窟与国民生产总值的高速增长，等级制和底层的乐天知命，诸如此类。

对于印度，很难用好还是不好、喜欢还是不喜欢这样的概念加以概括。一个小时之前的"是"，可以变为一个小时后的"非"，反之亦然。

不过，我们在离开印度的前夕，心情十分愉快。传说中的疟疾从未发生；印度的学者和作家朋友给予了我们尽可能周到的招待，他们的热情和诚挚让我们一直沉浸在浓郁的惜别之情中。印度古老文明的辉煌、山川风物的壮美也让我们难以忘怀。

（本文原载于《博尔赫斯的面孔》，格非著，译林出版社 2024 年出版，有删改。）

# 日惹见闻

赵晨 *

自崇山峻岭间杀出，来到印度尼西亚爪哇岛的日惹地区，已是日暮时分。

淡蓝色的暮霭笼罩天地间，有些蒙蒙眬眬的，世界如同一幅水墨山水画，黑的浓重，淡的素雅。

道路两旁的稻子长势正盛，连片的稻田如同海洋一般望不到边，只不过这海浪是青绿色的，在风的作用下不断涌动，一派喜人的景象。

我望着远处的群山沉浸在晚霞与暮霭之中，一时之间竟分不清哪里是梦境，哪里是现实。

云层将天空包裹得有些严实，阳光也只是透露出一丝丝的颜色，然而只是这点颜色，已足够将这片天地装扮得多彩。

那金的、淡蓝的、乳白的云儿，缓慢地翻涌、起伏，肉眼可见地糅合在一起，大自然用她超凡的想象力，向我展示了一幅绝美的调色画。

---

* 赵晨，中通服咨询设计研究院有限公司海外分公司职员。

在这样的调色画里，那些远的、近的、高的、矮的、黑的、灰的、深的、淡的山峦，一个个努力展示着自己的身姿，显得格外婀娜多姿。

我突然捕捉到了中国古代艺术家的审美点——这不就是一幅中国古代的泼墨山水画吗？

低矮的云层、青黛色的远山、碧波的湖面、回航的孤舟、低飞的鸳鸯……

这些自然的存在、天地间的生灵，被大自然用或浓厚或浅淡的黑白色调，以简单和谐的笔法，勾画得淋漓尽致。

眼前是一片辽阔的湖面，间或有渔船经过，荡起阵阵涟漪。

渔民们的歌声不时传入耳中，虽然听不清他们唱的是什么，但我能够体会他们心中的喜悦与幸福，这与当天的渔获有关，与归家后的团聚有关。

我又突然明白了"江枫渔火"的情境，诗人看到的是江上晚秋月夜的清冷，感受到的是孤苦与旅途的羁绊，而我呢，又是怎样的心境？

这里就是桃花源吧，一切都是如此的平和，当地人日复一日、年复一年地过着与世无争的生活。

时间仿佛静止，外界翻天覆地的变化丝毫影响不到此地，除了来往的车辆和电力设施，这里与数百年前相比，似乎并没有太大的改变。

日出而作，日落而息，遵从自然的规律，谨守传统的风俗，幸福在田间地头、在床头桌旁……

见此美景，我情不自禁地停下车，开始在日惹乡村的田间小路漫

步。西斜的日头懒懒地挥洒着它的热力，但又不是太过强烈，空气中弥漫着草木的香气，一切都是那么的适宜。

我极度放松下来，心跳平缓，仿佛手脚都变得轻快，快活得想要飞起来。

四周是连片的稻田，稻穗累累，预示着即将到来的丰收，这些绿的、黄的交织在一起，宛如秘境一般吸引着我。

我趴在田埂上，迫不及待地用手机拍下秘境中的一切，如同孩童一般快乐，我想要留住这短暂的幸福。

稻禾随风摆动，如同平静的水面掀起阵阵涟漪，引得一只只燕儿上下翻飞，同时发出啾鸣，世界顿时鲜活起来。

这里是日惹的乡村风光，于我是如此熟悉，宛如前世的记忆一般，引导着我来到这里，让我深深为之倾倒。

我想也许是前世的执念，化作今生的缘。在我迷失的灵魂深处，仍有一个声音在提醒着我，让我得以重温温馨的画卷。

顺着乡间小道逐步深入，被宛如华盖的高大植物遮蔽了阳光。漫步林下，风吹过林梢，沙沙作响，配合着有节奏的蝉噪，四下越发地静谧。

暑气顿消、精神一振，同时一阵松软感传遍全身，我就地找了个水泥墩坐下。

远处几间农家小院，掩映在花木之中，色彩分明，显示出印尼人独特的审美观。你可以不认同，但不能不感动：只有内心通达平和之人，才能如此大胆地运用色彩。

一只猫咪懒洋洋地趴在某家宅院的水泥地面上打盹，屋檐下的阴凉足够惬意，我猜它一定会有一个午后美梦。

几只鸡崽在树下不停扒拉着地面，它们对于我的注目毫不在意，自顾自追寻着美食，有幸运儿捡拾到美味的自然馈赠，惹得一旁的同伴争抢不已，顿时一阵混乱。

几位孩童正在树下嬉戏，玩的正是我儿时同样的游戏——斗鸡。阵阵欢笑声传来，从他们身上，我看到了儿时的自己，同样的少年不知愁滋味，同样的简单快乐，同样的幸福满足。

宁静祥和是此时此刻此地的写照。

这是日惹乡村的普通小路，却是通往幸福大门的康庄大道。

这里的人是友善的，路过田间地头，或经过农家小院，抑或与来来往往的摩托车擦肩而过，人们无不对我——这个外国人，投之以关注、好奇且羞涩的目光。

"投我以木桃，报之以琼瑶"，于是笑脸与笑脸相迎，喜悦与喜欢相逢……

一位坐在自家宅院门前矮凳上的老妪，用浑浊的双眼打量着我，如同枯木一般的脸上绽放出迷人的微笑，早已与牙齿告别的牙床掀起神秘的弧度……

我觉得此刻的她是最美的，这无关容貌，无关知识素养，更与物质财富无关，只是纯真的美丽，而这最令人动容。

人与人之间的感情本就是简单而纯粹的，若掺杂了过多的东西，就会变得不单纯，于是就会变了味。

田间的一位老农引起了我的注意，他挥着一根锄杖正在田间耕作。

看不出老者的年岁，但脸上的褶皱、黝黑的皮肤提醒我，他已入迟暮之年，不时传来沉重的喘息和咳嗽声。

他见到我这么一个外国人饶有兴趣地看着他除草，立即向我送来温和的微笑，脸上的皱纹顿时蜷紧在一起，我非但没有觉得丑陋与恐怖，反而有一种莫名的熟悉感。

其实我的祖辈、父辈，不都是同他一般的劳动人民吗？我向他扔了一根烟，自己也熟练地点上一根，在烟雾缭绕中，两个语言不通、情感

却接近的异国人一起享受起烟草的味道。

　　无需言语，一根烟、一个笑脸，足以消除人与人之间的隔阂与陌生，其实幸福就是这么简单。

　　我从没想到在日惹地区，竟然有如此美丽的乡村景象。

　　我一直认为印尼是贫瘠的，我以往到达过的印尼农村，大抵给我留下的印象是这样的：狭窄、坑洼的道路，逼仄、失修的房屋，以及随处可见的各种垃圾、污水横流……

　　而在这里，双向两车道的柏油马路，装修精致的农家宅院，打理得井井有条的农田……

日惹乡村的勃勃生机、人与自然和谐的美景，与我记忆中的 20 世纪 90 年代初的故乡，完美重合在了一起。

我想起故乡的乡间小道、稻田盛景、鸡鸣狗吠、劳作的乡人……

远处清真寺的诵经声响起，已是穆斯林的祈祷时间。

回想起数百年前这里盛行佛教，而随着时间的推移，两种宗教在这里和谐共存，形成了自由、开放的宗教氛围。

我独爱这和谐共处的气氛，须知人与人之间是不一样的，肤色、宗教、人种等等的差异，无法用一种规则来定义，这也是印尼这片土地的神奇之处，各种宗教、信仰、人种之间的和谐共处，赋予了此地无与伦比的文化气息。

何时再来一场日惹之行？

# 跨越定数与未知的隐形航线

杨鸣旭[*]

像个小渔村——这是我站在船尾，看着倒船进港的游轮靠近伊斯基亚岛的第一印象。

我们一行 3 人从意大利北部的多洛米蒂山脉一路辗转至此，从那不勒斯港口出发，大约 40 分钟之后，来到了中国国内各类社交媒体都鲜有提及的伊斯基亚岛。阳光穿过层层云雾，像一层薄纱轻柔地笼罩着海面，仿佛为这座岛披上了一件金色的纱衣。

伊斯基亚岛拥有绵延约 34 千米的海岸线，沿岸蜿蜒的石板路和起伏的山坡散发着独特的意式风情。然而，对于拖着行李箱的我们来说，这样的道路显然不够友好。幸运的是，我们预订的民宿离港口很近，而且拥有一片私密的海域，看起来是本次旅途中最值得期待的一个"盲盒"惊喜。

---

杨鸣旭，教育行业从业人员。

来到民宿前台，我们办理入住并咨询岛上的景点情况。工作人员热情地为我们推荐，并在地图上做了详细标注。"你们应该待久一些，两天实在是太短了。"工作人员的话语中透露出惋惜，仿佛希望我们能更深入地体验这座岛屿的魅力。

午饭时，自以为早就习惯了慢节奏的我们，再一次领教到了意大利的悠闲。我们听从了前台工作人员的建议，原本决定吃完饭后，骑车探索伊斯基亚岛。然而，我们原本跃跃欲试要在摩托车店午休之前去租车的想法，在领教了餐厅 20 分钟才上了前菜的速度后，破灭了。

我托着腮帮子自言自语："不会要吃 3 个小时吧？那咱直接能赶上下午店铺开门了。"前菜、主菜、甜点之后，用浓郁的意式浓缩咖啡作为午餐的完美收尾。下午 3 点了，租车店开门营业，时间果真拿捏得刚刚好。

"你骑电动车多少次了？"会说英文的年轻店员问我。我笑着回答："嗯……很多次了……""那就行。这个摩托车操作很简单，你可以的。但你的同伴没有驾照，只能骑充电的自行车。"就这样，没想到我的半吊子的骑车技术，竟然在地中海的一座火山小岛派上了用场。

车牌号 ES95033 的大白摩托车被只会说意大利语的年长店员推到了能勉强通过一辆索菲亚小轿车的石板街上。虽然语言不通，但动作比划交流是旅途的乐趣之一。年长店员交代清楚如何点火和加油门之后，递给我一个头盔，欢呼着做了个"加油"的手势，就好像我即将要站在赛场上跟人比拼一把。我很佩服当时这个给我稍微"培训"一下就欢呼着

／平稳的小路

放行的大叔，仿佛在意大利一切都在于体验——你决定好了，想做这件
事情，那就去做吧。

　　我们仨就在大叔的欢呼声中颤颤悠悠地出发了。

　　伊斯基亚岛是一个火山岛，道路几乎全部为山地。盘山路大多很窄，还有很多类似胡同的小路。起起伏伏的山坡，经常得加足马力向上冲一把。我们时不时地坡起，掉头，急弯，错车。如果这就是生活在海岛的必备技能之一，那至少这一项我已经驾轻就熟。

傍晚，我们骑到了阿拉贡城堡。城堡由锡拉库萨的希罗一世建于公元前474年。1441年阿方索五世（阿拉贡）用一座石桥取代之前的木桥，连接了岩石与岛屿，又加固了城墙，以保卫居民、抵御海盗的袭击。经历了数百年的风雨沧桑，目前这座城堡是伊斯基亚岛参观人数最多的古迹。

我们爬到顶层后，在水吧坐下歇脚，喝到了口感和味道都令人惊喜的瓶装柠檬汽水。这种瓶装的新鲜汽水只在南部售卖，这也是我们行程

/ 在阿拉贡城堡上俯瞰

结束之后才知道的事情了。落日时分，站在城堡的悬崖高处，俯瞰整个海岛的美景，也许数百年来未曾变过。

第二天的早餐依旧延续着当地的习俗，新鲜的马苏里拉芝士和番茄，每天毫无新意。我自制了一杯"橙C"来换换口味，服务员看着我把一杯浓缩咖啡直接倒进了果汁里，可能内心已经在"Mamma Mia"怒吼了。

接下来，我们准备前往岛的另一端——福里奥和拉莫泰拉花园。

阴沉的天气并没有影响我们的心情，反而让眼前的景色多了一丝静谧的美感。远处的海面平静绵长，然而站在岸边，能看到浪头猛烈地拍打着岩石，激起的水花让整个沙滩都充满了力量感。

街边到处是好吃的意式冰激凌和帕尼尼，是其他地方做不出来的味道。也许这就像是家门口的包子铺、小吃店，随处可见但离开当地也绝无仅有。

在福里奥的闹市区逛完，我们前往拉莫泰拉花园。

拉莫泰拉花园是英国作曲家威廉·沃尔顿的妻子苏珊娜·沃尔顿创建的花园。从1990年开始，花园向公众开放。花园分为上下两部分。花园的多个区域通过走道、小径、坡道和阶梯相互连接，游客能够在上部欣赏到福奥湾的壮丽景色。

这时候负责订船的"J人"朋友提醒我们，每天只有一趟船从当地开往我们的下一个目的地——索伦托，下午5:25启程，所以我们要抓紧时间，游览完就得返回赶路了。返程途中，海边的阵雨说下就下，可我们没时间避雨。我把手机放在兜里戴着蓝牙耳机，一边听着导航一边硬着头皮往前骑着摩托车带路。顶着大雨，骑行在沿海公路上，时不时还要停下来，等骑充电自行车的伙伴。大雨、海洋、悬崖、公路——雨中骑行似乎成了意料之外的乐趣，仿佛一切都已经做好了安排。那一瞬间有一种不真实的错觉，好像这样的我可以在世界上任何一个地方。

因为两天都是山路，耗油量急剧升高，骑到半路车快没油了，就临时拐进了眼熟的加油站。右手加着油，左手拿着卡，嘴里叼着收据，就保持着这个姿势往车里灌了5欧元，然后继续领航、返程。在"J人"朋友的鞭策下，我们提前15分钟到了码头，却发觉那里空无一人。

虽然今天天气很差，但这是唯一一趟开往索伦托的班次，不应该只有我们3个人和2个聊得火热的当地大叔。

"你确定是这里吗？""P人"朋友发来了疑问。

"确定，这上面就一个港口啊。""J人"朋友很自信地对她说。

下午5:25到了，依旧没有船来。"J人"朋友火急火燎地消失了。两个大叔看着我，其中一个高个子大叔用蹩脚的英语问："你们要去哪里？"

"索伦托。我们在等去索伦托的船。"

"索伦托？这里没有直接去索伦托的船，"他边说边掏出手机，对着那个小屏幕敲敲点点，"没有，没有这趟船。"

这句话是我这次旅途中听到的最魔幻的，仿佛终于可以开启冒险之旅的一句咒语。

我和"P人"朋友开始哈哈大笑，两个大叔也跟着我们一起笑。"没这趟船还卖票？那我们怎么办？"我掏出手机打开谷歌地图，显示第二天有渡轮。"欢迎光临，这里是意大利南部。"矮个子大叔对我说。

是的，北部的自驾让我忘记了，意大利南部和北部的不同。在南部，一切可以有定数，也可以是未知。很久之前看过一个电影，讲述了意大利南部和北部人的不同，南部人嫌北部人死板教条，北部人笑话南部人豪放粗鲁。

"你看，今天这里没有去那不勒斯的船。"坐在我旁边的高个子大叔向我展示了手机屏幕上的信息，满屏幕的意大利语，我只能看懂伊斯基亚岛的名字 Ischia。

"也许你们今天应该留在这里，睡一觉，明天有船，明天再出发。"说完这句话，他们就开始用意大利语进行了长达 5 分钟的激烈讨论。虽然听不懂在说什么，但看他们越来越激动的表情，好像事情有了点新的转机。

高个子的大叔又开始敲敲点点他的手机屏幕，让我看他的航线时间表："你看，今天有去那不勒斯大港口的船。"

接下来，如何去坐船、如何从下船点去火车站、火车站的名字，都通过谷歌翻译被解释得明明白白。这时候"J人"朋友回来了，我们互相交流了关键信息，准备坐晚上 7:40 的轮船，先去那不勒斯。

"太棒了！"我发出了感叹，"非常感谢！"当我道谢时，他们反而开始变得腼腆，摆了摆手，像极了父辈的样子，有点"深藏功与名"的意思。

解决了交通问题，我们在"猫途鹰"上找到了一家点评很高的比萨店，跟老板寒暄落座后说的第一句话就是："老板，我们一会儿要赶船，能不能……"

"没问题，我懂了，我来搞定一切。"是的，没错，意大利南部的人可以解决一切问题！后厨的速度仿佛开挂，前菜还没吃完就上了主菜，是这趟旅途6天以来最快的一次，我们再一次感受到了南部海岛"我能安排一切"的热情。

看着比来时大出数倍的渡轮逐渐靠岸，我们3人不约而同感叹："哇哦！"船是意大利南部海岛人民习以为常的交通工具，他们使用当地特有的手机软件，一切絮絮叨叨的攻略和一丝不苟的教条仿佛与岛上的人们无关。意大利南部让我既爱又无奈。它充满了独特的魅力：海岸线如画般美丽，岛屿上生活的节奏缓慢而悠然，仿佛每个人都活在自己的节拍里。不论是阳光下的港口，还是雨中崎岖的盘山路，都散发出一种无法复制的美感。人们情感热烈而随和，随时准备帮你解决任何问题，像是南部特有的"我能安排一切"式的热情。

然而，这份悠闲也常常伴随着一种"随意"的不靠谱。渡轮班次会莫名其妙被取消，商店和餐厅会突然关门。时间表似乎只是个建议，而不是必须遵守的规则。晒太阳、出海、喝酒、闲聊的人与摩托车和汽车轰隆隆地呼啸而过共同存在。就像加油站里排在后边慢悠悠等我，不急不慌扔下车走进旁边咖啡店的司机。再比如像是让我回去坐着，别着急结账的餐厅服务员。这种随性虽令人抓狂，却也是南意的独特魅力，带给人一种充满惊喜与冒险的旅行体验。

到达那不勒斯，跟着导航，我们在最后两分钟冲进站台，坐上了去往索伦托的深夜火车。攻略上反复提示坐火车要购买的防盗锁在这时毫无用武之地。几乎整列车都空空荡荡，车厢里只有几个零散的游客和疲惫的上班族，还有相视而笑的 3 个赶路人。

我们在意大利南部充满意外的旅程也才刚刚开始。

# 阿拉斯加：有极光与星河的远方

思文[*]

《自由与爱之地：入以色列记》开篇不久，有一段话曾经打动过我："我一点都不空虚，可我怀疑我的充实。……我在这里做的一切事，都会被我自己所讽刺，就像我讽刺他人做的任何事一样。"

在从美国阿拉斯加州的第二大城市费尔班克斯回华盛顿特区的飞机上，这段话再次浮现在了脑海里，只因它像极了阿拉斯加带给我的感觉：在那里，人们不谈金钱与数字，生命的价值是对冰川海洋、星辰远山的回馈，是时隔百年依然通行并仍在传承的部落文明，是在山丘上为来自"现代的远方"的游客唱一首只有她的故乡的人听得懂的山歌，是沿着山海慢慢开的车，是夫妻二人用心打磨的山石、设计的首饰。

在阿拉斯加，人们不再称羡富有，但如果你有一段为何从熙攘的城市搬来这片最后边疆的故事，一定会有人放慢脚步聆听这份叙述。遗憾

---

*  思文，自由摄影博主。

自己成长至今才把这份旅程提上日程，如果早一点见到你，也许会重新定义"美"与"震撼"，也许会对这个世界多一份敬畏、少一点索取。但同时也庆幸自己到现在才见到你，所以过往的美景才能得到自己由衷的赞叹，所以那些河流、雨林、都市、车水马龙，才曾经值得驻足，显得有意义。

我心中的阿拉斯加，是一个遗世而独立的远方。世间万物千变万化，而她却神秘、冷峻、倔强、寡言少语的伫立于北极大陆的开端。她包容、壮阔，而又沉稳、深邃。如果这星球上每一个远方都有年龄，阿拉斯加就像一个暮年的长者，见证过世间所有的惊涛巨浪，而今只想在冬季来临时，围坐在家中的炉火旁看儿孙嬉戏，只想在初夏，提了工具去家里的花园打理一二。

而我，着迷于这种气质，决定对阿拉斯加念念不忘。

阿拉斯加的行程，无需复制。没有人能够拍着胸脯跟你保证，他的阿拉斯加行程是完美无憾的。这世界上很多其他目的地或许有最合理的出行路线、最不能错过的景致，以及最不值得驻足的打卡，但阿拉斯加不一样。

记得到安克雷奇的时间是晚上接近六点，我和最好的朋友在市区一家餐厅吃晚饭。点餐之后我走到餐厅外面打探周围的商铺，遇到刚刚为我们点餐的服务生。像以往一样，我喜欢在旅途中向当地人取经，于是闲聊几句之后就问了他：是否有关于游玩阿拉斯加的推荐？服务生笑了下，手叉腰对我说："我真的没什么可以推荐给你，因为，如果你可以开车，任何地方都会让你们惊叹。"而他的这句话在接下来为期一周的行程中，也得到了反复的印证。

## 阿拉斯加的一号公路和冰河

没有人可以拒绝阿拉斯加一号公路的美。

被评为全球最美十大公路的它，几乎全程沿海，风景绝佳。它不像加州沿海公路那样明媚动人，但它美就美在海与山、远处的冰川叠影交替，公路的蜿蜒曲折衬托了山与海的冷峻壮阔，若有幸再恰巧遇到夕阳，所有的冷峻壮阔又多了层浪漫和温柔。

自驾阿拉斯加，无需刻意走上这条公路，因为它是从安克雷奇出发去西沃德等地的必经之路。向南行驶的公路每隔一段距离就会设置一个观景站，方便过往车辆停靠拍照。在安克雷奇的三天里，我们每天都会开上这条公路，沿途走走停停。

波特治冰河在距离安克雷奇东南方向大约一个半小时车程的地方。如果说这次的行程有哪些小惊喜的话，波特治冰河算是其中一个。说它是惊喜，是因为和它在大部分游记中也没有被记载过，因此它并不是一个热门的目的地。可是如果用一个成语来形容第一次见到这片奶蓝色冰川湖的时候的感受，我想大概是"心旷神怡"了吧。我和朋友开车到此完全是机缘巧合——我们只是觉得那条沿海公路太美了，便没有在心中设置任何目的地向南开，什么时候觉得该返程了再掉头就好。而波特治冰河就在过了波特治之后的一个岔路口向前走，开进山中便是一片绝美的湖泊。我和朋友几乎是同时说道："停车吧，有湖。"

把车停好，湖边一共只有四个人、一只狗、一架无人机。也许这就是公路旅行的快乐，不设置框架，便不受框架限制，随时可以发现一些意料之外的惊喜。

## 基奈峡湾国家公园

从安克雷奇开车到西沃德大概需要 2.5 小时。我们出发的时候是那天的清晨，山海间还有未消散的晨雾，清晨的阳光在山后柔和地洒过来，眼前的一切宛如仙境。对西沃德来说，它是很多人初到阿拉斯加的必游之地，因为这座港口小镇是基奈峡湾国家公园的入口。

/ 基奈峡湾国家公园看到的虎鲸

游览需要预留一整天的时间。所有游客均需要提前购买观光游轮的票，才可随团进入基奈湾国家公园。运营这种全天观光游轮的公司有很多。在长达一整天的行程里，会先后有机会看到不同种类的鲸鱼，鸟类或其他海洋生物，以及该国家公园著名的两座冰川（导游会视情况而定游览哪座）。

需要注意的是，该国家公园游轮观光行程受季节限制，我们结束行程后的第二周，该季度正式结束，这条线路就彻底关闭了，要到明年夏天才会重新运营。因此，选择秋季来阿拉斯加的话，一定要做好功课，查清楚夏季的常规服务在秋季运营到什么时间节点。

## 德纳里之星列车和德纳里国家公园

光是说到"极地列车"几个字，就足够让人憧憬和期待。我们坐着车从安克雷奇出发，途经德纳里国家公园，最后停靠在费尔班克斯。列车员会在最适合观景和拍照的地方放慢前进的速度，如果时间允许，还会完全停止下来方便大家拍照。这与以目的地为导向的航班、公路旅行都不同，享受这班列车的人，是在享受过程本身。

在列车上我们结识了一位来自澳大利亚悉尼独自旅行的女孩。她健谈、阳光，是一位护士。在搭乘列车之前，她已经在这次旅行中走访了东西海岸的各大城市。由于我和朋友本身也是热衷于独自旅行这种方式，听到这位女孩分享她的旅途见闻，一起探讨极光观测，不由得更加感叹世界的精彩。

　　选择秋季游览阿拉斯加，算是为德纳里留了一点点私心，因为秋季的德纳里国家公园多彩而温柔。前文说过的德纳里之星列车会贯穿整个公园，但是园区的公路设计却和列车行驶的线路不同，因此并不会因为之前已经路过这里，就使公路之行显得多余。

　　和大多数国家公园为了保护地质、自然的初衷不同，德纳里国家公园的创立是为了保护这一区域内生活的野生动物。就像园区向导说的，在这里，让自然回归自然。人类不对自然和动物做过多的保护，也不会干涉任何物种的繁衍生息。

　　另一点和大多数国家公园不同的是，在德纳里，自驾游可以通行的区域被限制在了园区公路很短的一部分。到达自驾游尽头的时候，就必须把车停靠好。如果游客们想要再向园区深处探索，就都必须搭乘园区

/ 德纳里峰

巴士。园区巴士需要提前预订车票，有多条线路可以选择。

园区的工作人员说，只有30%左右来到这里的人，真的亲眼见到了德纳里峰。德纳里峰是一座常年被冰雪覆盖的山峰，在多云的时候往往隐藏在云雾后面。我们跟随巴士来到这里的那天，早上是多云的天气，本以为无法见到它的真容了，可就在我们抵达园区深处的终点时，突然天气放晴。德纳里峰就一点一点出现在了我们的视线中。

## 北极光

极光观测在整个费尔班克斯地区都十分理想。我们入住温泉村的当晚天气晴朗，且极光活跃指数是4，用当地人的话讲，"Four is pretty good"。前文提到的活动室外面就是一片平地和仍然在使用的小型飞机跑道，背面是山。对于拍摄极光来说，算是一个比较方便的地点。也许正是因为有山、活动室、小型飞机，为拍摄极光提供了一些前景，增添了一点拍摄的趣味。

如果说这一年做了哪些事情会让生命更加完整，那晚见证的北极光一定在这个榜单的最前列。见过太多关于极光有多美的描述，有的人用"舞蹈""跳跃"来形容极光的瞬息变幻。在我看来，它更像是一条挂在天空中的丝绸，或是雾状的河，它的每一次跃动，都值得世人许愿和赞叹。

有些人偏爱远方——凡是能跳出现实生活的樊笼，都是值得欣喜的旅程。有些人享受温存——陌生的氛围和冷峻的自然无法营造舒适的安

全感。阿拉斯加于大部分人而言，并不在目的地清单的首位，不憧憬的人，任凭你再去描绘那里的海有多壮阔，那里的冰川有多静谧，那里的极光有多绚烂，都会无动于衷的说一句很鸡肋的"可能吧"。

我无意打动任何人，这样的阿拉斯加需要一份与世隔绝，需要接纳的也只是那些真正为之动容的小众群体。只是当我折返回现实生活里，当我看着城市上空寥寥的星空，体会着矩阵般十字路口的车水马龙，为生活中偶尔莫名的不如意伤神，需要保持积极和振作去应对困难和挑战的时候，想起那天晚上的星空，想起那条沿海公路，想起漫山遍野的初秋的金色，我会感叹眼前这些小事的不足为奇，会在开启下一段旅程的时候有更多的勇气，会感恩和赞美这个世界的每一个奇遇、每一寸美好。

# 初见喀布尔

菜翔[*]

　　喀布尔，是我 2023 年在阿富汗停留的第一站。作为阿富汗的首都，它有 3000 多年的历史。走进阿富汗，我有缘和很多陌生人接触，见证了当地人的生活处境。

　　在巴基斯坦白沙瓦过关的时候，我遇见一个做生意的中国人。他过关的时候向我们求助翻译，完了便说："你们要去喀布尔吧，这个边关不好找车。正好我们的司机还没走，他可以免费载你们一程。"

　　我听后连忙谢过，记下司机的电话号码。"司机名叫阿力，会说中文，车也很舒适，不用担心。"我猝不及防地收下这份来自同胞的善意。"你们是去巴基斯坦旅行吗？"他们笑着摇头，"做生意呢。"说完打开手机和司机通话，然后告诉我们已经和阿力打好招呼，让我们放心前行。

　　我们顺着推推搡搡的人群走出了边关，前去盖入境章。在口岸的铁

＊　菜翔，哥伦比亚大学在读硕士研究生。

/ 口岸的铁丝网围栏

丝围栏中，总能看见维持秩序的警察拿着鞭子殴打着边民。暴力流动在硕士研究生这种无秩序的喧闹和嘈杂中，很多夹缝中生存的边民不得不挤在其中谋求生计。一位小伙眼疾手快地拦下我，熟练地想把背包放在他的手推车上。他脸上有一大块疤痕，背上也有，浑浊的眼睛里满是看到生意的媚笑。我寻思没有手机卡联系司机，便谢过他，找会说英文的边关人员和他比划沟通，让他在边关人员的注视下给阿力打个电话。

入境阿富汗后到处是叫嚣的人，带有普什图人特有的面部特征，他们狠戾的眼神给这个原本就混乱的边境平添几分危险的气息。我们从未来过秩序混乱、不受现代法治管理的地方，有些无措和紧张。作为外国游客，我们的相貌和穿着都是引人注目的，注意到被吸引过来的人，我连忙拜托帮我们推背包的小哥再次打电话给阿力。终于见到阿力，他的背后是一辆看起来崭新的七座商务车，在周围破烂的环境中有些显眼。他面目和善，一见到我们便赶紧接过我们的背包放在后备厢。

见到阿力后，憨厚地笑了一路的推包小伙突然变脸开天价要钱。他大声闹着，吸引周边很多无所事事的边民。阿力只好和他周旋。我的手伸进口袋，抽出几张钞票给他。"我没钱了。"我坚定地说，不想多露财。不管他怎么闹，我一直重复这一句话。许是我态度太过坚决，他夺过钱就嘟囔着走了。阿力帮我们打开车门，眼里抱有些许歉意。他用字正腔圆的中文对我说："欢迎来到阿富汗。"我认真谢过他："还好遇见你，不然我都不知道怎么和他们周旋。这里比我想象的还要乱。"启程后，我提议打开蓝牙放音乐。阿力沉默一阵："对不起，我的车没有蓝牙音乐，塔利班禁止音乐。"

和阿力聊天时得知，阿力是哈扎拉人。阿富汗主要由普什图族、塔吉克族和哈扎拉族等组成。"你的中文真好。"我感慨道。"因为工作需要啊。在阿富汗，如果你会说中文，你多了很多生存的机会，"阿力笑了笑,"而且我们也很想去中国。"阿力在阿富汗生活,我便和他聊起阿富汗现状和近两年的变化。我单刀直入:"这两年塔利班执政最大的变化是什么?"来这个国家之前,我只做过简单的功课,对塔利班了解仍然停留在大大小小的外媒新闻上。他沉默了一会,声音变得微弱:"最大的变化是女性目前被全面禁止上学了。人们也越来越活不下去,因为大部分人都没有工作。"根据联合国2008年的数据显示,阿富汗15岁以上的民众识字率只有34%,偏远地区的文盲男女比例分别是63%和90%,是全世界文盲最多的国家之一。因为地理限制带来的资源匮乏和贫困落后,大部分人口生活在温饱线以下。联合国曾预测阿富汗有高达97%的人陷入极端贫困。2021年美军撤军的时候,大多外资公司也跟着撤走了,同时带走了大量工作岗位。何况塔利班还颁布了太多的禁令,针对女性的、针对平民的。在这些禁锢下,就业机会也就越来越少。阿力说这里的很多工作岗位都需要得到塔利班的准许。而这个准许通常是买来的,付不起钱的人就失业了。

"前政府在的时候,虽然国家经常发生爆炸,哪里都不太平,但人们至少能混口饭吃。现在很多人是真的活不下去了。"他满眼的苦涩。一阵窒息的沉默后,我又问他:"现在针对女性的禁令是什么情况?违反了禁令会怎么样?""禁令多啊,太多了。现在女性连出门都需要一位男性家人陪同,像公园这种地方都禁止进入。违反禁令最严重的后果,被打死的也有。现在你要去的是喀布尔,像这样的大城市会好一些。"他小声说。在塔利班的统治下,阿富汗妇女禁止接受教育,除了家务和生育别无出路。她们面临着通奸、家暴和"荣誉谋杀"的生命威胁，这种危险不仅来自当权者，更有可能来自最亲密的家人。我沉默地打开手机，搜索阿富汗对女性的禁令。我一条条看完，仿佛坠入冰窖。

我眼前仿佛出现无数女人被困在无法呼吸的布卡中，挣扎无果，直至死亡。我发不出声，眼前一片模糊，不敢将对话继续下去。这一路上哪怕车在行驶的时候，也时不时跑来小孩扒拉着窗户乞讨。我看着还算平整的路面，心情压抑。这里虽然得到了久违的太平，但窒息好像渗入了日常的空气中。我无法想象这里大多数女人是怎样度过一天的。罩上布卡，视线是比监狱铁门还要密集的网眼。女孩们不被允许去上学，不允许接触外界，整天困在不见天日的房屋和罩袍下，做家务、生育孩子，直到死去。男人们也不见得好，失去了家里一半的劳动收入，连自己也朝不保夕。这个国家娱乐也是极其有限的，连表达情感的音乐和舞蹈也被禁止。

车驶入黑夜，越来越多的塔利班士兵要求停车检查我们的护照。每一个经过的士兵看清我们的中国面孔后都会报以微笑，甚至把手放到心口表示诚意。也许在他们眼里，我们先是中国人，然后才是女性。驶入一个居民区，阿力忽然问我："你们饿吗？要不要吃饭？"我心领神会："好啊，你想吃什么？我请你！真的很感谢你愿意载我们一趟。"

走进阳光下的喀布尔，我好奇又紧张。街道上处处是挂着机关枪的塔利班士兵，眼神凶狠，让我不敢对视，更别提举起相机拍摄。这里是我走过气息最沉重的地方。我平日里旅行最喜欢用脚步丈量，可现在，我没了闲逛的野趣，只想快快赶到目的地。我们一行人偶尔会路过满是弹孔的房屋，和街头卖新鲜石榴汁的大叔。我们嘴馋，一人要了一杯，一个个红彤彤的石榴被压出汁，却只卖两块钱。一杯下肚，简直香甜可口，回味无穷，让人心情也不由变好。

路过一个超市，我进去买一些日用品，和老板结账的时候惊喜地发现他会说流利的英文。我便和他搭话："你英文真不错啊。你是一直在阿富汗生活吗？"他点头。我想到我刚刚走在路上那种紧张："这里的生活怎么样啊？"他嘴边的笑容突然没了。"难，越来越难了……"他小声说，却不愿意多说，眼光总是瞄向店门口，像是怕有人进来。我见他不愿多说，刚准备谢过离去。他又小声加上："特别是对女孩。我有 3 个女儿，但现在学业都被迫中止了，我们也只能偷偷让她们自己学习。但我不知道她们的未来怎么办。在阿富汗，所有人都不知道自己的未来怎么办。"我不知如何安慰他，只能无力地说我在旅行中说的最多的一句话："对不起。我希望一切都会变好。"

这一路上我们每走几步就能看见围着头巾的塔利班士兵。有时他们也会挥挥手向我们打招呼："阿富汗好吗？"或者是："中国很好！"有些人会警告我："戴上你的头巾。"我走着走着，胆子也在慢慢变大，想拍一些街头记录，余光扫向塔利班士兵，见他们没有进一步阻拦，便开始举起相机。

我们向老城区走去，一路上都是卖新鲜石榴汁的小摊。我们也喝了一杯又一杯的石榴汁，好生上瘾。走出戒严区，路上乱成一锅粥，各个方向的人都涌向马路中央，摩托车、汽车、小孩，跑来跑去。我们还没来得及找清方向，就被几个小孩缠上要钱。"Money! Money!"他们神态凶狠，却瘦骨嶙峋，黑漆漆的手伸出来，挡在我们前方。我不想露财惹事，只好加快脚步。但不管我们走得多快，他们都锲而不舍地跟着。我们只好在路口拦一辆出租车，前往市中心老城。

老城的市集像是另一个世界。一下车到处是叫卖东西的小摊贩，支着各式的棚子。街道旁满是饭店和超市，人来人往、热闹非凡。

闻到香味，我们忍不住踏入一处手抓饭店，点上一碗羊肉抓饭。只见侍者一盘一盘地往我们的桌上端菜，丰盛不已。老板前来解释："你们是我们的客人，我们欢迎你们来到阿富汗。不要客气，这些都不要钱。"我们拒绝不了，只好谢过。吃饭时我遇见一个姑娘，她见到我便热情招呼我去她桌坐下。她名叫玛蒂亚，是哈扎拉人，面孔和亚洲女孩很像。她英文说得不错，我很高兴遇见一位能说英文的姑娘，让我多了解一些阿富汗女性的现状。她十分自来熟地和我拍照、闲聊，把我介绍给她的朋友和家人。她眼睛明亮，笑容里全是遇见外国新朋友的欢喜。"你多大了呀？"我问她。"20岁。"她说。不等我接话，又继续兴奋地自我介绍："我未来想成为一名医生！"我被她眼中的希望所感染，几乎要忘记了塔利班对女性的禁令。可她的下一句话把我拉回现实："但现在没有学校会允许女性入学，不管是医学院还是其他学院。我在两年前学业就被迫终止了。""很抱歉。"我叹气。她摇摇头："我现在也在自学英语和计算机呢。我最大的愿望就是可以出国，可惜我们没有护照。"

她说罢，把桌上的饭递给我："不要客气哦，一起吃吗？"我摆摆手："谢谢你，我已经吃完啦。""你明天想去博物馆吗？"我问她。"当然。"她有些惊喜。我们互加了联系方式，约了明天上午见面。"明天见！"我笑着和她挥挥手。

饭后走在喀布尔最热闹的街上，也被这种浓烈的烟火气息所感染。从市集一路走到清真寺，我喝完一杯又一杯的石榴汁，一直随缘在这座城市瞎逛。我们开始享受着中国游客的特权身份走在喀布尔的街头，不戴头巾，不穿罩袍，举着相机，按下快门。

清真寺门口，满地的鸽子在扑腾翅膀，纷飞。我跑到鸽子群中央，和它们合照。旁边围着一小群喂养鸽子的人们，我兴致一起，举起相机问旁边几个长相穿着具有阿富汗民族特色的大叔能否一起合照。他们以为是我们给他们拍照，便一直在凹造型，直到我跑到他们中间准备一起合照，他们才像受惊的小鸟一样一哄而散。旁边站着的一个小哥用蹩脚的英文向我解释："不能和女性合照。"

我们继续沿着街道走下去。我恍然抬头，发现开始下沉的太阳，顿时跑跳起来，手举相机，想要追逐这场盛大的日落。这轮巨大的红日好似触手可及，一点一点染红天空，和远处的摩天轮融为一体，我更加兴奋地朝太阳和摩天轮的方向跑过去。

街道上路过的人们诧异又好奇，有些老人竟也友好地笑着和我打招呼。这座城市的另一部分终于从新闻和他人的描述中显现出来，变得鲜活而不尽真实。

　　来到摩天轮的公园外，有保安拦着我们，禁止入内。他叫上另一位会说英文的工作人员向我们解释："这是公园，女性禁止入内。"这句话把我们一下子拉到了当地女性的同一地位，条条限制摆到我们面前，作为人类的基本权利被剥夺了。我努力压下愤怒，望着不远处悬着的落日，气闷之下还是举出我们的身份特权："请问你们的管理层在吗？我们是中国人，也是游客，我们有塔利班高层的旅行许可证。麻烦您通融一下。"过了一会，一位身着西装的大叔前来帮我们把门打开，他说着流利的英语："按照规矩，我们不允许女性入场。但因为你们是中国游客，也是我们的客人，我们特批允许你们入场。"我们冲向摩天轮，公园里的男人和小孩都惊诧地望向我们几个入场的女性。这座摩天轮十分简易，却胜在窗户镂空，没有玻璃阻挡。我们坐上摇摇晃晃的摩天轮，下面的人手动操作，将我们升起又落下，足足兜风了 3 圈。我凝望着远方的落日，将镀上金边的山衬得如梦如幻。天色渐暗，不远处的山上升起星星点点的房屋，风在耳边低语，仔细一听，却散开了。

这轮落日很美，但我却感到沉重。这种稀松平常的美景却是我们用国家身份特权才被允许看到的。因为我们是女性，所以我们被禁止。但因为我们是中国女人，所以我们成为例外。

晚上的喀布尔黑压压的，鲜少有运作的路灯，路边的小店都打烊了，只有街道上几个小孩儿穷追不舍，打开黑黑的手掌，嘴里喊着："Money! Money!"我忽然看向其中一个小女孩，她的眼睛里空洞洞的，没有小孩的天真娇憨，只有用力挤出来的凶狠和怯意。她的面庞上全是灰尘，看不清五官，手脚都看不清原来的肤色。"没有钱。"我对她认真地说。说罢，把手中的石榴汁递给她。她赶紧一饮而尽。

（本文原载于微信公众号"生命共创家菜菜"，有删改。）

生活

在别处

# 游离之间：独行于众的边界与归属

梁汕齐 *

## 转换之间：呼朋唤友与独行一人

在中国，我是一个外向的人，朋友遍地。从小学到高中，我一直都被包围在热闹的社交环境里——上课有同学们围在一起讨论问题，放学后呼朋唤友一起打篮球，甚至连吃饭、去厕所这样的日常小事，都有人陪伴。因此我从没真正感受过"孤独"，也瞧不起孤独的人。然而，当我第一次走进美国的校园，身边没有了结伴的朋友，没有了熟悉的语言和习以为常的环境，我瞬间感觉到自己变成了一座"孤岛"。

学校当时的中国留学生很少，互联网上关于本地留学的实用攻略也微乎其微，很多事情需要自己去摸索和办理，而语言是最大的挑战。从一呼百应到独身一人，在踏上西海岸土地的那一刻，来不及做什么思

* 梁汕齐，金融行业从业人员。

/学生活动中心

考，孤独感就这么自然地来临了。

　　初入美国，当然必须说英语。无人陪伴，17 岁，异国他乡，很多事都需要自己拿主意，再加上语言的无形障碍，导致我变得不太愿意跟人交流。还记得刚来学校报到，校园很大，由于只能通过对方的手势来辨别方位，导致从宿舍走到指定的教学楼，我足足问了 12 次路……

　　可能是"无知者无畏"，最开始我还算愿意说话的。但随着对英文学习的深入，反而开始害怕说错，于是渐渐不愿与人交流。大一大二期间，由于都是基础课程，身边还有几个中国留学生，大家互相依靠，有点抱团取暖的意思，我的情况就还好。然而等到了大三，确定了专业方向之后，后续的两年就几乎看不到中国面孔了。在海外，不论大班还是小班，老师常常要求学生们以小组进行讨论和作业，注重团队合作和沟通，因此我不得不逼着自己与同学交流。尽管如此，我还是很害怕开口说话。

有一次课堂测验，需要记录进平时成绩，而我面对测试题却无从下手，心里无比慌乱。旁边的同学瞥见了我的窘迫，递来一张纸条，上面写满了答案。按照我对外国同学的了解，他们很少会如此直接地为一个无关紧要的人打破自己的规矩。然而他打破规矩的这一举动，也打破了我对于他们的刻板认知。正是这一次的无心插柳，让我开始重新看待周围的世界，心门也在不知不觉中打开。后来，这个同学成为我在美国的第一位挚友，也通过他，我认识并结交了更多的外国朋友。

渐渐地，我算是误打误撞融入了他们的生活，可这并非一蹴而就，也并非生活常态。融入和独立之间，我常常游离不定，但同时我也逐渐明白：成长总是伴随着艰难的过程，但只要我坚持，曙光总会照进来。

## 一拳之间：摆脱怯懦与赢得尊重

大学健身时，我发现学校健身房开设了拳击课。虽然从小就属于"好斗分子"，但对拳击并没有太多涉猎。出于兴趣，我决定去了解一下这项运动。但学校只有基础的拳击入门课程，想学更深入的内容必须去校外拳馆。和学校教练沟通后，他给我推荐了一个场馆。当我得知拳馆地址时，心里非常忐忑。在美国，富人区和贫民区有明显的区分。有些区域即使一街之隔，就是截然不同的世界，而拳馆的位置正好在那个"混乱"的区域，那与我日常生活的地方有着鲜明的对比。

后来我才知道，这个区域治安确实非常不好，有很多街头帮派，而且这个馆里几乎没有白人，更别说亚裔了。我本来约了朋友一同前往，但不知为何，每到这种时刻，朋友们总会临时有事。最终，我只能操着蹩脚的英语，独自一人奔赴那个拳馆。

当我开车到达时，眼前是一个工厂改造的拳馆，正好赶上所有人都在外面训练。我一下车，他们都停下手中的动作，齐刷刷地看过来，那种压迫感让我心跳加速到了极限。一个黑人走过来问我来干什么，我拿出手机，指着短信，颤巍巍地问：请问这个教练今天在不在？他看了我一眼，说：教练今天不在，改天再来吧。几句话之间，我的恐惧达到顶点，感觉像电影里闯入黑帮的情节，只能灰溜溜地离开。

在那次跑空返程回家的路上，我是真的害怕，心想再也不会去了。可不知为何，也许是拳击的魅力最终战胜了恐惧，我又一次踏入了那家拳馆，这一次我终于见到了教练。他是一个黑人职业拳手，当时在业界的战绩是9胜0负，还曾上过美国各大电视台及体育娱乐频道的节目，也参加过真人秀节目，还主演过电影《让铃声响起》。

初次见面时，他只是客套地应付我几句，毕竟当时我是馆里唯一的亚裔，种族歧视多少是存在的。教练让我做热身，跳绳40分钟，随后绕擂台跑圈体能训练60分钟，再打2个小时的沙包。整个热身结束花费了 5 个小时，期间教练几乎不怎么和我说话。我曾一度怀疑他是在坑钱，也想过放弃，但还是傻傻地坚持了下来。当时的我几乎每天都去拳馆训练，训练内容大差不差，就是反复地跳绳、跑圈、打沙包。熟识之后，我的教练才跟我说，是拳击运动把他从街头拉了回来，给了他第二次努力生活的机会。

日复一日的自我"热身"持续了 4 个多月，终于有一天，教练对我说要开始正式训练了。从那天起，每次训练他都会全程陪着我，甚至带我去海滩做不同的训练，渐渐让我爱上了这项运动。那时的我逐渐明白，想要在别人的地盘上赢得尊重，就必须靠自己的努力去争取。

而我也终于迎来了我的 sparing（拳击手之间的互相切磋）。在那场切磋比赛上，跟我对战的是个墨西哥人，浑身肌肉，灵活、出拳快，是一个小有名气的拳击手，身边围满了拥护者。也因此台下摆满了凳子，设置了观众席。"跟他打拳我不需要热身"是对手在开赛前跟我说的唯一的一句话。

其实这场拳击比赛开始前受到的语言攻击，让我在上擂台前很懦弱，再加上之前有过一次非正式切磋的脱力经历，使得我又出现了紧张和心跳加速的错觉。但当铃声响起，比赛真正开始时，我开始下意识地慢慢调整心态。由于不清楚对方实力，前期我一直属于防守打法。可后来发现他出拳虽然快，但没有什么力量，而我的重拳却让他无法承受。三四个回合后，他最终无法再次起身，"不打了"是他在赛场上跟我说的第二句话。

我赢了。

当我走下拳击台时，那些特意跑来看他比赛、在观众席上支持他的人都纷纷和我击拳，向我表示祝贺。我看着对手独自落寞地坐在角落里，那一刻，我知道自己赢得了拳馆里每个人的尊重。教练告诉我，这就是拳击。后来我才明白，这也是人生的现实。

毕业回国，这个经历就随着我的离去告一段落。2023年再见到那位教练，他已经退役，做私人教练谋生。我当时出于好奇问了他，自己在他的学员当中是什么水平。他说，那些人都不如你，你是我当年最刻苦训练的学生。当时听完心里很暖，觉得这么多年过去了，被一个大洋彼岸的人记住并尊重的感觉，真好。

这一次，被记住，算是我又一次融入了他们的生活。

## 圆梦之间：平静蜕变与掌控自我

拳击的训练让我在身体和心理上都得到了极大的成长，但我的运动之路并没有止步于此。拳击让我意识到，运动不仅仅是为了强身健体，它更是一种随时随地保持最佳体能状态的生活态度。

我那年的中国留学生特别少，再加上当时胆小，有语言障碍，平时打球就自己投投篮，或者和中国的小伙伴一起打打球。一帮人在一起的时候会和当地人打比赛，但我自己一个人时绝对不会跟他们一起打，好像为了篮球梦来的美国却间接戒掉了对篮球的热爱。

那个时候课业压力小，我朋友说既然打不了游戏，那就去健身吧。

我自认为很有力气，但连一个引体向上都做不了，而我朋友们做这些动作都毫不费力。

那个时候健身相当于打发时间，属于可练可不练的状态，但练到后面，我的训练搭子们都开始对自己的训练有了计划，我也就经常一同前往。我们说好以后一起参加一场健体比赛作为训练结果的验证，但就这样一直拖到毕业也未能成行，然后我们就各自回国了。

回国后他们都忙于事业，没有时间健身，可能也都忘了这个约定，只有我一直保持着运动习惯。在那一年疫情刚开始时，我突然蹦出了一个想法——既然当时约定好的事情没人坚持，那要不我试试看看？

严格的训练就这样开始了。

我找了一个饮食营养教练，每天按照他出具的食谱，按时按量来吃饭。这个教练后来在业界声名鹊起，2022 年的奥赛健体冠军就是出自他的指导。

自打训练开始，我就不和家里人吃饭了。父母都觉得我无法理喻，做好的饭不吃，吃那些水煮无味的健身餐。也可能觉得我是三分钟热度，因此也不是那么担心。在公司的时候也是，一天 6 顿饭，雷打不动。坚持 1 年后，家人和领导也就见怪不怪了。甚至有时到了饭点，他们会无一例外地跟我来一句：到点了，去吃饭吧。

我就这样坚持了大概 4 年，饮食习惯也持续了 4 年。这 4 年里经历了身体不同的变化。后来身材和训练都达到了一定的水平，我就觉得是时候了。

/ 2023 年其中一场比赛奖牌

2023 年 5 月，我要去完成这个曾经约定好的梦想。

28 岁，我又一次孤身前往美国。说是去参加全美健体比赛，其实也是想再看看自己青春时期曾待过的地方。

可能是兴奋感大于一切，我连着比了两场。当时并没有感到因为赛前脱水而带来的生理不适，一点症状都没有。按教练的话来讲就是，连续两周脱水，很多职业运动员也受不了。他一直反对我这么做，但我觉得，来都来了，只比一场有点不太值得。

事实证明我的坚持是对的。第一场全美最大的自然健体比赛和第二场美国国家健体健身委员会的健体比赛，我的状态一场比一场好。不过这都是因人而异，我确实看到了很多运动员因脱水变得萎靡不振和由于脱水导致的生理反应。

我这两场比赛都很顺利，第一场比赛在新秀赛和公开赛分别拿到了第三名和第二名，第二场比赛在新秀赛拿到了第二名。我对这两场比赛的成绩都很满意，也印证了自己当时在朋友圈发的一句话：不是每个答案都在我的心里，我得在某个地方才能得到一些答案。

朋友和父母都属于安慰和鼓励派，他们没想到我会在国外拿奖。当我跟他们分享获奖的心情，我从他们的眼神里看到了由衷的钦佩和骄傲。这四年的坚持看似艰苦，其实对我来说真的还好。

在台上领奖的时候，许多外国选手主动上前与我击拳庆祝，那一刻，我感受到了一种深刻的认同，那种英雄之间惺惺相惜、发自内心的认同，而不是虚假的客套祝福——我知道这条路上你吃了多少苦，能坚持到现在，靠的是你我对这项运动共同的热爱，我真心为你欢呼和开心。

在那个瞬间，我不再是一个"外来者"。通过这次比赛，我彻底融入了健身的世界，也完成了对自我的突破和认知。健体比赛不仅是对我身体素质的检验，更是对我心态、毅力和多年来坚持不懈的努力的肯定。

他们的掌声和欢呼让我意识到，过去的那些年，我早已融入这个陌生的国度。我的留学生活从一开始的孤独和语言障碍，到通过拳击和健体比赛逐渐找到自我，这是一段充满挑战和成长的旅程。

独立与融入并不是对立的，而是与我自身的心态和经历交织在一起。独立让我学会如何在陌生的环境中生存，融入让我懂得如何在新的环境中找到属于自己的认同和尊重。在这段旅程中，我一步步突破了自我，实现了从孤立到主动独立与融入的转变，也找到了自己在这个多元化世界中的位置。在这场漫长的、独行的碰撞历程中，我赢得了专属于自己的那份归属。

# 入埃及记：一场自我与他者的对话

贾悦琪[*]

"在他们眼中，中国这个'他者'有着广袤的国土、丰富的商贸资源、多元的美食和融合共存的文化，是一个充满机会与希望的国度。"

2018 年，本科二年级的我以外语志愿者的身份前往摩洛哥参加寒假义工项目，这是我第一次与非洲大陆结缘。由于项目时间短暂、语言功底不成熟，并未深入了解当地的风土人情，每每想起总是深感遗憾。2022 年，我获得了国家留学基金管理委员会的资助机会，毫不犹豫地选择前往位于北非的埃及开罗大学公派留学，第二次踏上了非洲大陆……

埃及作为四大文明古国之一、中东政治强国、非洲经济大国，具有较强的区域代表性。北非国家之间拥有相似的历史文化、地理位置与资源禀赋，观察埃及对于研究北非国家的经济发展、了解当地人文风俗具

---

\* 贾悦琪，北京外国语大学阿拉伯学院博士研究生。

有参考意义。在埃及留学期间，我结合"自我视角"与当地人的"他者叙事"，抹去了此前的刻板印象，重新勾勒出一个充满机遇与挑战的埃及。对于当地人而言，我们的出现也让他们拥有了观察"他者"的机会，让心目中的中国形象更加丰富饱满，激发出"向东看"的热情。

## 初见埃及：古老与现代交织中的烟火气

启程前，我在互联网上做了不少关于埃及的功课，加上此前在北非国家的经历，总觉得到了埃及会面临各种不便，担心自己难以适应当地难懂的方言、目光所及尽是黄土漫天的恶劣环境、汽车在没有红绿灯的街头横冲直撞的危险、随时会被乱收小费的风险。于是，把心理预期放到最低，把戒备值拉满，我踏上了前往埃及的旅程。

从机场到学校，需要从新开罗城区前往老吉萨城区，我的心情也从最开始的惊喜到忐忑再到失落。挤在嘈杂的人群中，穿梭在飞速的车流中，穿过一条条脏乱的小巷，住进临时落脚的公寓……说实话，这些使我对开罗的初印象一般。好在预期值不高，也不算太失望。第二天清晨，在楼下等车时，同行人的手机险些被一伙飞车党抢走，中介大叔责问我们为何将临时落脚公寓选在这里，我们才知道这片社区是开罗治安最差的"三不管"地带——而这趟非洲的探险才刚刚开始。

接下来的 3 天，我们在中介大叔的陪伴下看了十几套房子。在看房过程中，我逐渐感受到了这座城市的烟火气，每幢公寓楼下的门房大叔都会热情接待，看似灰土的墙后竟藏着装潢精致的房屋。中介大叔说埃

及人注重家庭氛围又热情好客，所以大部分房型会有一个大的会客厅，还放着好几套沙发和餐桌椅。搬进新家的那天，我们前往新行政区的购物中心添置物件，这次的车程是从老城区前往新城区，于是心情便是从平静到惊喜再到激动。

　　新开罗是近年来开发的卫星城市，也代表了埃及对未来发展愿景的美好蓝图。一路上现代化的楼房与街道中和了我对这座城市的戒备。看到新开罗大型购物中心后，我和朋友不禁感叹：接下来几个月的生活比想象中好过。

　　没来过埃及的人说埃及是黄色的，来过埃及的人才知道埃及一半是海水一半是沙漠。在这里，你不仅能看到沙砾中的古埃及文明，也能欣赏地中海、红海最美的景色。这个见证了诸多王朝兴衰更替的国度，包容着一切古老与现代的元素，从开罗市中心驱车半个小时就能到达金字塔群脚下，坐落在繁华的解放广场一侧的埃及国家博物馆中存放着图坦卡蒙法老的黄金面具，广场的另一面则是见证了阿拉伯国家现代化进程的阿拉伯国家联盟总部，这座城市仿佛被历史的车轮反复碾过，保留着一代代的痕迹。

开罗是一个烟火气十足的城市。一位去过北京的埃及记者朋友总喜欢开车带我们夜游开罗，他说只有这样才能感受到最真实的埃及："开罗没有北京那么发达、现代，但这里的每个人都热爱自由、享受生活，这里不像其他城市那样奔波忙碌。开罗是包容的，你能品尝到各个国家的美食。可游客们总是来去匆匆，没有时间好好体会这里的魅力，所以他们的评价太片面。"他领着我们品尝了小巷子里的当地人气很高的叙利亚烤肉卷（阿拉伯语发音酷似"想我了吗"），逛了新卫星城区联排的大型购物中心，在新开通的十月六日大桥上体验他新车的自动驾驶功能，在尼罗河畔为邮轮上举办婚礼的新人们送上祝福。他说："这就是埃及，这就是生活。"

从那以后，我开始放下戒备，用心体会这座城市里沉淀的历史与迸发的生命力。每天我进出公寓时门房大叔都会从屋子里走出来问候，花店的老板总会在结账时多送一朵花，走过路口时总能看到推车卖红薯的大叔在卖力地吆喝。在尼罗河畔的邮轮上总会有婚礼派对；人们经常光顾路边的咖啡摊，点一杯咖啡坐一整天是常事；路上剐蹭时双方司机下车握个手就能讲和。夜色下静谧的金字塔群、热闹非凡的解放广场、充满异域风情的哈利里市场、恢宏壮观的大埃及博物馆，都是这座城市的标签。

## 民心相通：打破文化壁垒与刻板印象

虽然我们在努力改变对埃及的初印象，然而文化壁垒的影响是双向的，埃及人对中国的刻板印象随着时间推移逐渐显现，从有关政治、民族、经济的宏观问题，到针对中国的教育体制、脱贫致富路径、制造业发展、智能化生活的细致发问，埃及人民对中国的发展充满好奇和向往，但提问中却充满了误解与质疑。一次前往本地朋友家做客时，我才得知大部分埃及人的刻板印象归因于一部名为《伟大的中国蚕豆》的埃及喜剧。在这部电影里，中国人爱吃蝎子之类的奇怪食物，中国人表达不满时经常说"不要不要"，中国人大部分都会武术，中医会使用电锯、锤子等危险工具进行治疗……这部电影居然是大部分埃及人了解中国，这个对他们来说异常神秘的东方国度的唯一渠道。

这一刻我意识到，跨文化传播不仅要依靠个人"面对面交流"的努力，更要依靠国家层面优秀文化内容的输出。跨文化产品不在于多，而在于精准、有效，"民心相通"才是一切形态交流合作的社会根基。于是在此后的日常交流中，我一面打破自己对埃及的刻板印象，一面用通俗易懂的方式巧妙地纠正着埃及人眼中的中国印象。渐渐地，我发现埃及人对中国的刻板印象的底层逻辑是一种防备却又向往的质疑心态，他们既担心被动的文化输入，又抑制不住"向东看"的热情。而当他们了解到中阿文明交融互鉴的历史，中阿文化的相似性与差异性时，便能放下戒备，毫无保留地表现出对中国的向往。

在埃及期间，我们参加了开罗中国文化中心举办的主题为"埃及人眼中的中国"系列讲座。这个老生常谈的话题在埃及青年一代中文学习者的口中多了些时代特色。提到中国，他们不仅知道"故宫、长城、中国功夫"，更知道"5G、人工智能、移动支付"。这一代人对中埃合作成果有着最真切、最直观的感受，他们兴奋地描述着新行政首都的高楼大厦、孔子学院的"汉语桥"比赛、物美价廉的中国商品，憧憬并向往着从课本和社交媒体上了解到的中国，也迫切地希望了解中埃合作究竟会给他们带来怎样的机会。

埃及的开罗大学、艾因·夏姆斯大学等重点高校都设立了孔子学院，更多大学也在陆续开设汉语教学课程。寒假期间，我参与了多所高校举办的全球文化节活动，在那里我见识了中国文化在阿拉伯世界的魅力。中国展台被围得水泄不通，许多中文学习者兴奋地用汉语和我打招呼聊天，大家排着队体验着中国美食、少数民族服饰、书法和茶道，对中华元素的喜爱溢于言表。我结交了几名学习汉语的大学生，我们都尝试用对方的语言交流，沟通还算高效。不过大多数时间我都是回答者，因为他们一提到中国，就有无数的问题想要了解：从城市、高校、教育聊到美食、风景、传统民俗……有的想去广州学习粤语，有的想和北京人学学儿化音，还有的向我分享有关中国方言的短视频段子。在他们眼中，中国这个"他者"有着广袤的国土、丰富的商贸资源、多元的美食和融合共存的文化，是一个充满机会与希望的国度。

在埃及可以使用"滴滴出行"app打车。出行时经常会碰到喜欢中国的司机，上车一句"是的，我来自中国"就打开了司机的话匣子，他们会滔滔不绝地讲述自己印象中的中国、家里的中国产品、在中国常住或经商的亲人，有的甚至会与朋友、家人通话，炫耀着自己车上有位会讲阿拉伯语的中国游客。每当遇到这些热爱中国的埃及人，我都在想：在这片土地上，每一名中国人就像是前来串门的老友，他们"不亦乐乎"，我们在"他乡遇故知"。他们对中国的爱丰满又纯粹，是自古以来对这个遥远国度的向往，是对这个飞速发展国家的钦佩，是对两国合作互助的感谢。曾有司机问我："中国的基础设施和科技真的像社交媒体上展示的那样先进吗？"在听到肯定的回答后，司机连声感叹，不知道那一刻他心中是否也有对自己祖国未来蓝图的描绘和畅想。跨文化交流中，由文化差异性衍生出最初的戒备与质疑，到深入了解后主动打破壁垒，这也许就是中阿文化交流的内生动力。

## 展望未来：续写中埃合作新篇章

埃及是中东人口第一大国。留学期间的所见所闻让我感到，解决人口问题是埃及现代化发展的前提条件，由人口问题衍生的一系列社会问题亟待解决，于是我将自己的硕士毕业论文选题定为埃及人口治理。我的研究从人口规模管控、人口素质优化、大城市病治理等多角度入手，发现埃及有限的自然与社会资源无法满足人口增长需求，国民失业率较高，尤其是青年人口膨胀现象严重、人才供给不符合国家现代化发展需求、开罗的大城市病积重难返、城市规划拥挤无序等问题十分突出。基于以上对埃及人口问题的反思，我认为，中国在卫星城优化、基础设施建设、职业教育、旅游业等多方面与埃及具有较大的投资合作空间。

以基建合作为根本。离开埃及前的最后一周，使馆组织留学生代表前往埃及的新行政首都中央商务区（CBD）参观，我也终于可以近距离观察这个经常出现在"一带一路"共建话语体系中的合作典范。当高耸入云的中心标志塔映入眼帘，我不禁感叹，中国工程师们运用"中国智

/ 埃及新行政首都 CBD

慧"攻克基建难题，仅耗时 5 年就在沙漠中打造了一座现代化新城，极大解决了开罗高人口密度导致的城市化问题，再一次证明了"中国速度"与"中国质量"。主体建筑里既有埃及国花"睡莲"的元素，又有中国建筑传统中轴线的特点，中埃文化相互融合的设计智慧也将见证着两国友谊行稳致远。从新行政首都 CBD、斋月十日城轻轨，到阿拉曼新城、泰达苏伊士经贸合作区，埃及现代化基础设施建设里少不了中国的身影。中国工程师向埃及的技术工人们传授先进技术与经验，践行"授人以鱼不如授人以渔"的原则。在与当地人的交流中发现，埃及民众们除了感叹"中国建筑"的高质量高效率外，更多的是对中国企业创造更多就业机会的赞赏。一位埃及朋友的母亲激动地向我分享"我的儿子进入了中国企业上班，女儿在学习中文，亲人朋友们都十分羡慕我"，可见埃及人对中国发展前景的认可。

以教育合作为引领。随着中国文化、中资企业在埃及的影响力逐渐加深，许多青年人将学习中文纳入自己的未来规划，开罗大学孔院一位朋友骄傲地对我说"学习汉语是我做过最正确的选择，我的家里人都期待能和我去中国生活"，我深切感受到埃及已经成为中东地区最重要的国际中文教育基地，尤其是在 2020 年中埃签署了《关于将汉语纳入埃及中小学作为选修第二外语的谅解备忘录》后，埃及的"汉语热"持续升温，中文教育事业也在不断地走广走实。

回国后，在一次接待埃及高等教育与科学研究部代表团来访时，我再次见到了在埃及期间负责对接留学生的开罗大学孔子学院院长李哈布教授，她说这次中国行的主要任务是探讨中埃职业教育合作。座谈中，我了解到中国在埃及开设的"鲁班工坊"是推动两国职业教育合作的重要实践，也是中国成熟的职业教育系统对外输出的范式，既实现了埃及中高职贯通的职教体系，又拓宽了埃及青年的就业渠道。埃及青年人口膨胀现象严重、高等教育资源供不应求，因此推动青年向职业教育分流，打造"中文 + 职业"的教育模式，符合国家人才发展计划。埃方高教部代表团团长表示："中国职业教育从师资、教学资源、职业规划都有完备的体系，期待中国为埃及提供更丰富的职业教育经验。"

以人文合作为纽带。2022 年 12 月我前往埃及开启了留学生活，几周后国家宣布优化新冠疫情防控措施，埃及各大社交媒体纷纷报道了埃及旅游和文物部在机场迎接第一批抵达埃及的中国游客，身穿民族服饰的埃及人为中国游客送上特色美食与纪念品，充分展现了埃方对中国游客的重视与欢迎。和朋友在埃及旅游期间也经常遇到周围人亲切地问好、礼貌地请求合影，一位做旅行公司的埃及朋友激动地说："终于又可以和中国人打交道了，这次我一定要抓紧机会学习汉语，早日去中国看一看。"我们都相信充满韧性和潜力的中国旅游业会为埃及带来新的发展机遇。在使馆新春招待会上，我们欣赏了"汉语桥"比赛埃及获奖选手的精彩歌曲，我也和留学生代表们献上了一首埃及经典歌曲《我的家乡真美丽》，从歌曲选题到情感写意，中埃青年充分展现了文明的尊重包容、交流互鉴。不久后中国—埃及民族音乐会在开罗吉萨金字塔古迹区举办，当狮身人面像映衬着中国红，当中国琵琶与阿拉伯乌德琴交相呼应，我心中的震撼久久无法平静，在此刻，文明的碰撞与交融展现得淋漓尽致。

埃及留学经历是以"自我"视角近距离观察"他者"社会的生动实践，结合当地人的"他者叙事"，我可以直观地感知到埃及青年对中国的好奇与向往，观察到埃及社会发展的瓶颈与挑战，而如何突破瓶颈则给予了中埃两国更广阔的合作空间。在埃及 2030 愿景与"一带一路"倡议高度契合的背景下，在第九届中非合作论坛召开之际，中埃合作交流将为地区发展提供典范，为中国"走出去"与埃及"向东看"提供广阔的契机。我坚信民心相通始终是一切务实合作的基础，中埃人文交流会在我们这一代的手中传承发扬，赋予其新的时代底色。

（本文原载于《中国投资》2024 年第 6 期，有删改。）

# 在缅甸的日子

杨浩川 [*]

仰光——阳光。

1997年2月5日，农历腊月二十九。下午2点，飞机徐徐降落在缅甸机场，透过舷窗，似已感到机坪上泛着灼热的气浪，几名光着黑色脊梁的搬运工正在忙碌着……广播里传来英语播报："仰光，地面温度32摄氏度。"

从冬季的上海，飞往夏季的缅甸，仅仅几个小时，却经历了3个季节。下了飞机，我们迫不及待地脱去紧紧裹在身上的羊毛衫，虽已只剩下衬衫，可还是汗流不止。

走出清凉如水的候机大厅，上了汽车，由于在烈日下烤晒，车门、车顶热得烫人，尽管车厢内空调嘎吱作响，还是热得不行。

汽车在仰光市里穿梭，放眼望去，碧绿的树木与嫣红的鲜花交织成一幅幅美丽的图画。沿途也见到一些用棕榈板搭建的房屋，十分简陋，

* 杨浩川，原中交第三航务工程局一公司职员。

与那些用柚木建造，装潢精致的私人公寓相比，简直是天壤之别。但不管怎么说，倒也映衬出热带雨林的特有风貌。

缅甸人，穿着格外简单，上身穿件旧汗衫，下身用块布围着腰际扎紧，长长的，一直拖到膝盖以下，脚上穿着拖鞋。后来，才知道这是缅甸人民的传统服饰"笼基"。这笼基的穿着也分男女。男性在肚脐处打上一个大大的结；女性则在腰的左侧，卷起笼基的边，塞进腰际。望着这一新鲜的打扮，"笼基会不会掉下来？"有人担心地问，但无人回答。

汽车以每小时 30 千米的速度向目的地驶去。

仰光渐渐远去了，四周都变得荒凉起来，远处，一片连一片的农田荒芜着，一阵又一阵的尘土，迎面袭来。

汗，又沁出来了，不知是热，还是烦躁！1 个多小时以后，当汽车在一片沙漠上戛然而止时，才知道这是我们的目的地，那是一片沙土，没有绿色植被的荒凉地带，这就是我们心中日夜向往的地方——蒂拉洼。

蒂拉洼是缅甸一个小小的边远山村，离仰光市 38 千米。这里，是贫困人家聚集的一个僻静的地方。踏进蒂拉洼村，犹如来到一个原始、破落的部落。坑坑洼洼的泥路边，搭着破旧不堪的房屋，与其说是房屋，倒不如说是旧棚。杂乱无章的棕榈树下，用一些旧木料稍作支撑，便是一个家。空气中泛着阵阵呛人的烟味，这是缅甸人用树枝作为燃料，在黑黑的锅里烧饭。一些缅甸人神情木然地用左手慢慢拌着一团团黄色的米饭，搓成小团后，送进口中。一些赤膊、赤脚的小孩，在烈日下追逐嬉戏。年轻的女人们，袒胸露乳给小孩喂奶……女人们的脸上，都涂着一层黄黄的粉尘。后来才知道，这是一种用树根加水研磨成的东西，涂在脸上与手臂上，清凉、舒服，是极好的天然护肤品，缅语叫"特纳卡"。译成中文是什么，没有考证，可能与中国的防晒霜差不多。

当我们的照相机镜头对准他们时，他们显得有些惊慌，年轻的姑娘们用手捂着脸，背过身去，男人们却光着黑黑的上身，虎视眈眈地望着我们。

"不好，快离开这里。"有人担心地嘀咕着。

"China, China, China."后来不知是谁，冒出了这句英语，这招果然有效，姑娘们转过身来，望着我们，男人们虎视眈眈的眼神，也变得平静温和了。

我们总算是松了一口气。当时又有谁能想到，就是这些憨厚、善良的缅甸人民，不久将成为我们在帝拉洼建设中的一支生力军。

缅甸，一年分三季。属亚热带雨林气候。进入雨季后，是整日整日的倾盆大雨，有时稍稍停顿，不消个把钟头，大雨又倾盆如注。工作现场、生活区内到处积水，给我们的工作、生活带来了极大的困难。由于气温高，空气湿度大，蚊子、青虫蜂拥而来，最令人害怕的是蛇，经常能在水沟边、走道上看见。往往在惊叫声中，众人想动手把蛇打死，然而，面对一米多长，身形粗壮的银环蛇，那黑白相间、湿漉漉的躯体，谁也不敢靠近半步，只能"望蛇而退"，眼睁睁地看着它慢慢蠕动着淹没在草丛之中。

在缅甸，蛇、龟、鳖是禁止捕杀的，这不仅因为缅甸是佛教之国。缅甸人民以善为本，以善积德，众信徒以不杀生为做人之本。我们曾经走进一个被称为"放生池"的地方。在一个100多平方米的池内，爬满了大大小小的鳖，这情景令我们惊异。但也有少数的缅甸人，因生活贫困，偶尔会偷偷捉来一两只鳖，放在蛇皮袋里，悄悄卖给我们。也不知是何缘故，缅甸的鳖味道远远不及家乡的美。

我们的基地蒂拉洼在一片沙土上，四周除了坎坷不平的沙丘外，寻不到一点绿色。十几只集装箱搁在离沙土30厘米高的水泥地基上，这就是我们的宿舍与办公室。为防暑降温，我们用缅甸的一种树皮，加工成长长的薄片，盖在集装箱顶部，防止过强的日照。在集装箱背面，又用芦苇搭建了一排隔热棚，防止阳光的直接晒烤。尽管每只集装箱都安装了1.5匹空调，24小时连续不断制冷，强烈的阳光照射与炙人的热浪，还是穿透隔热层，逼近铁板，把集装箱四周的铁皮烤得发烫。实在没有办法，我们只好用水龙头对着集装箱冲，以求降温。然而，这并不能抵挡火烧一般的炎热。在缅甸的暑季，水是宝贵的，我们喝的水是桶装的净水。日常用水，是从30多千米外的仰光用车运来的，水费高达几美金一吨，而且常常会遇上水车没来、水泵烧坏、管道破裂等麻烦。一旦停水，烧菜、洗澡、洗衣服，一切都无法进行。有一次，因管道破裂、水泵烧坏，停了3天水，我们除了用桶装水烧饭、喝水，洗澡、洗衣服等一切日常用水需求都无法被满足。

最难熬的是停电了。在蒂拉洼，用电是靠总部的两台发电机，日夜不停地超负荷运转，除了供生活区的空调、照明、烧饭等，还要供两台搅拌机打稳定沙和预制水泥小方块。发电机日夜吼叫着，仍满足不了需求，于是，我们规定：每日 6：00 到 9：30，切断生活区的用电，保证生产用电。9：30 以后，送电供食堂开灶烧饭。由于用电量超负荷，往往发生冰箱启动困难，柴油炉鼓风机转速不正常，而发生跳闸现象，在这种情况下，只能到每个宿舍去关闭空调，以保证职工能吃上饭。

3 月 13 日下午，缅甸总经理部召开紧急会议。从上海港发出的装满施工材料的船，经过 20 多天的航行，预计 3 月 19 日下午，到达蒂拉洼的仰光河。根据规定，船上的货必须在 3 天内卸完，否则，每停一天，罚款几千美元。

会议结束后，我们立即对项目部现有人员做了分工，决定卸船分两班，12 小时一班，日夜工作。

3 月 19 日，下午 4：30。船缓缓停靠在码头，一场卸船的战斗开始了。

晚上 7：30，第一批人员，身穿统一的工作服，佩戴胸卡，到达码头，开始工作。当晚，风浪大，江面上更是尘土飞扬，阵阵风，夹着细细的沙，不断袭来，使人难以睁开双眼，但是大家都打起了百倍的精神，奋战在第一线。

材料从货仓内一件件被吊上岸，装上卡车，运回指定地点。由于吊车把杆长度不够，不能发挥作用，吊装只能靠船上两台小型的升降机来完成。夜间作业，照明较差，操作升降机的职工无法看清在十几米深的船舱底中工作的人员，只能通过对讲机互通情况。吊出的材料，又在对讲机的联络下，缓缓转向停在码头边的卡车。材料装配上车，才能最终运至基地。一切的一切，环环紧扣，不能出现半点差错，如稍不留神，就会发生安全事故。

缅甸的气候，白天晴空万里，光照充分，温度在 35 度以上，而到了夜间，站在码头上，风一吹，令人感到有些凉意。然而，职工们却认真地站在各自的岗位上，紧张而有序地工作着。

午夜时分，食堂送来了面饼和菜汤。虽然是十分简单的餐食，却也整整花去炊事员 3 个多小时的时间。他们忍着蚊虫的叮咬，热得满头大汗。凌晨 4：30，炊事员又要起床烧早饭。

不知不觉中，黎明的曙光已经来临。早上 6：00，上日班的职工赶到码头，换下被露水打湿衣服的夜班人员，又紧张地投入到工作中去。

与其说，缅间的夜间比白天要适宜一些，倒不如说缅甸的白天是难熬的。从早上 6：00 开始，阳光就火辣辣地铺满大地，温度骤然猛升。我曾做过一个试验，将一支温度表，快速插入沙中，迅即拔出，一下一上，总共才不过 1 秒钟的时间，温度表上的水银柱，就已经稳稳地定在 50 摄氏度的刻度上。而我们卸船的码头上，根本没有遮阳的地方。尤其是在船舱底下工作的职工，热得难熬。尽管工作条件十分艰苦，但是大家的心愿是一样的，"必须在 3 天内卸完货！"有人嗓子哑了，含一片清凉片；头皮发胀了，吞几片感冒药；热得实在吃不下饭，食堂炊事员想方设法翻新花样；被蚊叮虫咬浑身发痒，擦点风油精；香烟抽完了，大家互相支援……白天、黑夜，黑夜、白天——经过全体职工 3 天 3 夜的拼搏，当最后一车货卸在堆场时，时间为 22 日下午 3：45。带着满脸倦色的职工竟忘了疲劳，兴奋地欢呼起来……

4 月 6 日，沈炳范副局长到达蒂拉洼召开生产会议。会上，沈副局长转达了局领导对缅甸总经理部全体职工的慰问。同时，沈副局长就缅甸工程中的安全生产、外事纪律等问题作了指示。另外，对于在 5 月 20 日完成节点任务，沈副局长定下硬指标。他要求各项目部要发挥团结协作精神，把困难留给自己，把方便让给别人，要全力以赴，全面完成生产任务。会议结束后，我们立即召开班组会议，认真学习、讨论沈副局长的讲话精神。根据我们的工作现状，要完成节点任务，困难是不少的。

我们分析目前施工的项目有：1 号拆装箱库（钢结构）安装 10000 平方米包括库内的照明；1 座门楼检查桥（钢结构）安装；2 座变电所的电气设备安装，几公里长的电缆敷设码头上的电缆桥架的安装，几座 45 米高的灯塔安装及办公室的电气预埋等工作，另外 2 号拆装箱库的安装也即在眼前。

同时，缅甸目前正处于雨季，给施工带来诸多的困难。我们根据总经理部的要求，重新调整了工作计划，对人员做了适当的调整，同时号召全体职工包括外包队伍，团结一致，共同拼搏，完成局下达的任务，为三航、为祖国增光。

经过紧张的准备工作，4 月 29 日，1 号拆装箱库开始安装。为了抢时间、赶进度，项目部要求早上6:30到达施工现场，晚上到天黑下班。在气温高、工作量大的情况下，职工们发扬连续作战的精神，奋战在现场，天仿佛是与我们作对，明明是晴空万里的天气，趴在十几米高的钢结构上，热浪滚滚，无遮无掩，任阳光炙烤，一会儿，天气骤变，特大暴雨，铺天盖地席卷而来，来不及躲藏，只落得个浑身湿透，为了抢时间暂时避避雨，只要雨一停，大家又艰难地、小心翼翼地爬到滑溜溜的钢结构上，继续工作。就在这种情况下，职工们咬着牙，互相鼓励，拼搏在施工现场。

在缅甸施工中，最为壮观的是敷设电缆了。在人员缺少的情况下，我们在蒂拉洼招收了当地的缅甸人帮助工作。每天清晨，从附近的村庄里，有几十名缅甸人来工地干活，主要的工作是放电缆。缅甸人看上去都比较瘦小，力气也并不大，但他们有惊人的耐力。在放的电缆时，几十个人同时扛起电缆，随着口号，步伐是那么的整齐，他们不怕苦，不怕热，烈日的烤晒，对他们来讲，已是家常便饭，而劈头盖脑的倾盆大雨，对他们来讲，仿佛是久旱的禾苗逢甘霖，他们显得那么欢乐，那么舒适。因为，在缅甸一年中只有几个月才能见到雨水，不能欢呼雀跃。他们光着棕色的背脊，下身用"笼基"围着，赤着脚，扛着电缆，在泥泞的沟中，一寸一寸挪动着电缆。如此艰难的工作，也许我们很少有人会去干。但是，他们自信，他们的无畏、憨厚，那种面对恶劣环境，表现出来的那种无所畏惧的表情，让每个人都能得到深深的感受。正是这些忠实憨厚的缅甸人民，为我们顺利完成5.20节点及整个蒂拉洼工程，付出了他们辛勤的劳动和汗水。5.20 节点，终于如期完成了，我们得到总经理部的表扬。

每年 4 月 14 日、15 日、16 日是缅甸人民传统的节日，泼水节和春节。

为了能让职工亲身感受泼水节的愉悦，4 月 13 日，总部召开了会议，专门研究了泼水节的有关规定。根据缅甸民工的指点，在泼水节中，任何人都可以泼水，不管男女老幼。我们特意在卡车上放了几只盛满水的大桶，同时，每人手里拿一只碗或茶杯等用来泼水。

4 月 15 日下午，我们出发了，大家兴高采烈，脱下了平时一直穿在身上的工作服，穿上了干净、整洁的衣服。车子刚开出 20 分钟左右，只见前面路上横着一根粗大的树干，两边站满了缅甸人，他们有的手中拿着高压水龙头，有的拿着盆、有的干脆提着装满水的桶……嬉笑着，示意我们停车。负责开车的缅甸司机将车速降了下来，等车停稳，突然，高压水枪率先朝我们"开火"，一时间，一盘盘、一杯杯，甚至一桶桶水，没头没脑地向我们泼来，我们也回敬他们，这样互相泼来泼去，直到他们感到满意了，才让我们走。我们个个被泼得浑身上下全部湿透，车一开，被风一吹，浑身冷得直打哆嗦。大家都盼望能早点到仰光，平时 38 千米的路程，用 45 分钟就能开到，而今天，却整整开了两个半小时。因为一路上，像前面的那种"泼水站"太多了，每到一个地方，都得任他们泼水，直浇得透心凉，然后才放行。我们的水经过几个站就用完了，得找地方装水。有些"泼水站"泼的不是凉水，而在水中

加了点冰，直浇得我们缩紧脖子，还有几个站，在水中掺了些香水，泼在身上，倒也别有一番情趣。

　　停停、泼泼，泼泼、停停，一直到下午 3 点多钟，卡车才进入仰光。仰光的泼水节，大概是世界上最热闹的节日了，整个仰光充满着欢笑。每条马路边，都架起了高高的台子，上面站满了男男女女，各执手中的高压水龙头，随心所欲地对过往的行人、车辆泼水，大街上，地面全部是湿的。一支支自发组织起来的舞蹈队，在马路中央不停地唱着、跳着，有几个喝醉酒的缅甸人，一手持酒瓶，在马路中间胡乱地跳着，竟还有一大群人围着他们伴舞……在这里，你泼我，我泼他，不分国籍与肤色，据说晚上还要搭台唱戏。我想拍几张照片，可好几次选好角度，未等按快门，便是劈头盖脸的一桶水，从头到脚，浇得浑身湿透。到了这种地步，也顾不得那么多，一生也许就这么一回，想想也值得。尽管我被浇得湿透，但也拍了几张永远留作纪念的照片，按缅甸人的传统习惯，谁身上的水越多明年就越吉祥，我也这么想。

时间一晃，在缅甸的半年多时间过去了，我们也迎来了自己的中秋佳节。各单位都报来了节目。中秋节那天晚上，我6：30到总部大院，只见总经理部的大院内已经坐满了职工，大家十分兴奋，说说笑笑好不热闹。

节目一个接一个地演，职工的喜悦情绪溢于言表，一浪高于一浪。"十五的月亮，照在缅甸，照在家乡。宁静的夜晚，你也思念，我也思念。你独守空房，不要埋怨……你在家乡好好过日子，我做完工程，立即凯旋回……"

一名职工唱的那首改编后的《十五的月亮》，把全场人的思乡之情都给点燃了，大家不停地鼓掌，掌声、歌声，随风飘得很远很远。

在异国他乡的条件很艰苦，日子也很难熬，不同的文化之间时有摩擦、时有交融，但是，我们就在这种特殊环境下，坚守岗位、积极工作，在蒂拉洼基地的建设中发挥了重要作用，为中缅的经济发展和区域合作作出了积极贡献。

中秋晚会在群情振奋的高潮中结束了，然而，音乐还在蒂拉洼的夜空中回响着。那节奏之快，铿锵有力的旋律，似一部催人奋进的乐章，激励着我们去迎接新的一天。

# 剑桥淘书记

李石[*]

对于人文学者来说，书，尤其是经典著作，就是自己保住饭碗的"家伙事"。年轻的时候，因为"居无定所"，所以总是克制着自己"囤书"的欲望。看书，只能泡在图书馆。直到有了自己的"小窝"，才开始把那些视若珍宝的书一点一点地搬回来，留着慢慢看。

在剑桥访学的一年，对于我这个研究西方思想的学者来说，是一个绝佳的"囤书"机会。刚到剑桥没几天，在拥有了交通工具（自行车）之后，我就迫不及待地开始逛书店。剑桥大学出版社书店是众多学者寻书探宝的第一站。剑桥大学在人文、科技、自然、历史等各方面都成绩卓著，而剑桥大学出版社的书店正是集中展示这些学术成果的地方。

我的研究领域是西方政治思想，剑桥大学是西方政治思想史研究的重镇。在剑桥大学出版社的书店里，你能看到全套的《剑桥政治思想史》。从柏拉图、亚里士多德、西塞罗、马基雅维利，到霍布斯、洛

* 李石，中国人民大学国际关系学院教授、博士生导师。

／ 作者在剑桥淘到的部分书籍

克、卢梭、康德、密尔……西方政治思想史上的经典作品一应俱全，一
共 76 本。这是西方政治思想最权威的研究者们编撰的最重要的经典文
本。我相信，任何一个西方政治思想的研究者都会将这套书视若珍宝。
当然，这套书标价不菲，每本都在四五十英镑。我去的时候，只有少数
几本在半价出售。我到书店逛过好多次，最终也只买了一本洛克的《政
府论两篇》。不过中国学者不用惋惜，因为，中国政法大学出版社出了
这套书的"英文影印版"，在许多大学的图书馆里都能借到。

　　除了原典著作，在剑桥大学出版社的书店里还能看到一套极为重要的研究丛书:《剑桥政治思想史》系列。这套书一共 6 卷:《希腊罗马政治思想》《中世纪政治思想》《1450—1770 政治思想》《十八世纪政治思想》《十九世纪政治思想》《二十世纪政治思想》，是世界顶级学者的成果汇编。有了这套书，就相当于拥有了西方政治思想史最重要的当代研究成果。我去书店阅读了好几次，最终狠心将这套沉重而昂贵的书买下。这让我立刻增添了学术研究的安全感，似乎所有重要的研究资料已尽入囊中。让中国读者高兴的是，商务印书馆已着手翻译出版这套丛书，目前能买到的大概有《剑桥古希腊罗马政治思想史》《剑桥十八世纪政治思想史》《剑桥二十世纪政治思想史》这几本。

　　我母亲是研究历史的，也非常爱逛书店。她去大学出版社书店的次数估计远远超过我。她时常在那里看书，还曾交到过朋友。在离开剑桥前，她买下了一套《剑桥世界历史》，大概又萌发了翻译巨著的宏愿。母亲那一代人，大都嗜书如命。大概是因为他们年轻的时候，想读书而没有书读，所以一有了读书的机会，就会紧紧地抓住，巴不得把自己喜欢的书都搬回家。我父亲也曾跟我说起他年轻时读书的趣事。那时候，要是好不容易搞到一本书，会舍不得马上读完，而是努力克制自己，一点点地翻着看。还有一次，他们几个知青苦于没有书读，鼓起勇气偷偷潜入附近大学的图书馆里看书。从窗户跳进图书馆后，我父亲就一直听到有秒表的咔咔声，到处找也找不到声音的来源。同去的知青也都说没有听到，我父亲才突然反应过来，原来那是自己的心跳声。这些经历都是我们这一辈的人很难想象的。

在距离剑桥大学出版社书店一两条街的地方，大名鼎鼎的三一学院对面，开着一家拥有 100 多年历史的综合性书店——赫费尔。书店一层摆放着各种吸引人的畅销书，《哈利·波特》都有好几个版本，还有哈利·波特的杯子、剑、围巾等各种纪念品。我有时候带着孩子过去，他总是要在这里看上好半天。在书店的三层，还有一个专门出售儿童读物的区域，摆满了各种绘本、琳琅满目的学习用具、益智玩具，舒适的儿童沙发、小桌子、画笔、五颜六色的彩纸，营造出孩子们最喜欢的阅读空间。到了周末，这个区域还会举办店员讲故事的公益活动。

我最感兴趣的部分是这家书店的地下一层，各种学术书分门别类，哲学和政治学领域的最新著作都能买到。还有更令人兴奋的是，在专业书籍的旁边有好几个书架的二手图书，大多是各领域重要的经典或研究性著作。哲学、政治学、心理学、社会学、传记……统统都有。而价格大多是原书的 3 折或 5 折。于是，我便经常独自到这里来淘书。店员看我经常来翻旧书，还主动给我减价。有一次看见我拿的书太多，就送了我一个印有 Heffers 字样的大布袋子。回北京之后，我经常背着这个轻便的布袋子去学校，却有一种沉甸甸的历史感。

其实，在剑桥淘旧书的地方还很多。离市中心不远的密尔路是移民聚居区。这里有很多慈善店，出售各种旧东西。在皇家英国退伍军人协会开办的慈善店里，有许多二手的儿童读物。我一有空就去那里帮孩子淘书。各式各样的绘本读物，涵盖科学、人文、自然、历史、音乐、漫画、小说，浅显易懂、图片精美，简直就是孩子成长的知识宝库。有几次我们还买到制作精巧的折纸立体书，有一本是介绍乐器的，每翻开一页都会出现一些乐器的立体模型，还能弹奏出音响，最后一页还有整个交响乐队的模型和指挥棒。这样的音乐启蒙书真是让人大开眼界，它能够引领孩子进入音乐之门。更令人高兴的是，这里的儿童书卖得出奇地便宜，大多10便士一本，合人民币大概8毛钱。我简直像挖到了宝藏一样，每次去都会满载而归。

密尔路上还有一家专门出售二手书的慈善店，似乎属于绿色和平组织。我在这里也淘到了许多专业书，不仅有西方思想的原典著作，还有许多经典的课本。例如牛津大学的伦理学课本、经济伦理学课本、政治哲学课本、《哲学家的工具》等重要书籍。书店里人不多，往往都只有我一个人，店主看我时常来买书，对中国人大加赞赏，我被当作爱学习的好榜样。

另外，剑桥市中心的图书馆也经常处理旧书。其中有许多编辑得很不错的百科全书，最全的要数关于英国历史的书。我在那里给孩子买了有关"征服者"威廉、都铎王朝、英国二战时期的抗争、英格兰与苏格兰的战争等历史类的百科全书，还有关于人类历史的图书，也非常适合孩子阅读。

关于在剑桥淘书，我们一家还有过一次"奇遇"。一个周末，有朋友开车带我们去剑桥郊区的安格尔西修道院游览。这个修道院很大，有宽广的草坪、茂密的森林，还有美丽的花园和雕梁画栋的宫殿。我们意外地在花园的一角发现了一个非常棒的旧书店。我母亲在不到 10 平方米的旧书店里翻到了哈姆林出版的《彩色人文历史》，全书有十几本，从古埃及一直讲到 20 世纪。还有另外一套世界各大帝国历史图片版，也有好几本。这两套书中都有许多精美的史料图片：人类始祖在岩洞里的壁画、古埃及的纸草画、俄罗斯帝国宫殿中精美绝伦的绘画，许多珍贵出土文物的照片。每本都只售 1 英镑。在进入这个书店之后，我母亲立刻改变了游玩的计划。埋头在书店里选书，而同去的朋友也变身搬书匠和运货工，帮我们把书从书店搬出来，又开着车帮我们把宝贝运回家。

淘书充满了乐趣，时时有挖到宝藏的惊喜。然而，这些沉重的宝贝却让我们在伦敦机场着实辛苦了一番。虽然许多书都已经在回北京前快递回国，但我仍然不得不带着沉重的行李，拖着孩子从伦敦登机。伦敦机场严格执行行李超重的处罚政策，面对超重的行李，我们只有两个选择：要不就交罚金，要不就舍弃一些宝贝。我打开行李箱，两样最重的东西就是书和化石。书大多是我的宝贝，而化石则是孩子辛苦和梦想的结晶。无奈之下，我们只得交了重重的罚金。回到北京，把这些最终"价格不菲"的宝贝归置到书架上。我时常独自拿出几本来翻翻，有时还会在书上勾勾画画，一种满满的归属感洋溢在心间。

书，与读书人，大概是有前世因缘的一对。我有一个研究康德美学的师妹，一次不小心弄丢了自己 8 年来记满笔记的《判断力批判》，急得到处张贴寻书启事，就像丢失了亲人一样。每年给学生们讲解罗尔斯的《正义论》，我虽然早买了新的版本，却还是喜欢拿上我 10 年前买的那本——字里行间爬满了层层叠叠的笔记和批注，浸透着年年岁岁的"学"与"问"。

我的博士后导师韩水法先生曾在一篇散文里谈及在德国淘书的经历，他这样写道："食堂的对面就是大学的图书馆，你有足够的力气，就可以搬几十本书回去读。那么人们为何要与书贩讨价还价半天购一本旧书呢？为了拥有几缕属于自己的书香。"

其实，在这个电子技术飞速发展、人人争相互联的时代，纸质书，似乎早已成了一种"多余"。而像我这样"耗巨资、费大力气"往家里搬书的学者，怎一个"迂腐"了得！然而，书籍虽说是人类精神的财富，却也需要物质的载体。就像美妙的歌声最好是从曼妙的肢体里传出来。当你触摸着或雪白或斑驳的书页，当你沉浸在悠悠的书香之中，当你怀揣着自己最钟爱的作家的最重要的作品，当你安心地在书页间勾勾点点。或许那时，你才真正做了一回读书人！

# 是留学生，也是妈妈

沉香红 [*]

我从未想过，会在 34 岁这年被世界名校录取。曾经因为偏科问题，我高考与理想大学失之交臂，导致多年来，我都有一种无法言说的遗憾。

疫情 3 年，我们都宅在家里不出门。也就是在这段时间，我重新梳理了自己的人生，计划考托福，申请留学。

国外的大学，除了考虑我们的大专成绩，还会结合这些年走向社会后，我们所做的活动。而我除了提供自己的成绩单，还把托福 107 分，以及全国大学讲课、中央电视台采访、杂志主编、出版图书等履历提交上去。

我很幸运地被英国格拉斯哥大学、美国宾夕法尼亚州立大学录取。

一开始我纠结是去英国，还是去美国？小儿子的爷爷奶奶都生活在美国，疫情期间他的父亲也被隔离在美国不能回来。经过他们再三的邀

---

[*] 沉香红，资深写作导师，知名作家。

请，我决定带孩子去美国留学。

美国许多大学都没有围墙，也就不存在保安老大爷让你进门就登记，但却有警察 24 小时开车在校内巡逻。

报到入学手续非常简单，我也很顺利就开始了正式上课。在开课之前，会有一位很专业的老师打开学校网站，一边沟通，一边帮你选课。这些课，不仅得是你喜欢听、学习的，同时对于留学生，还要能保证你容易通过考试。选课老师的耐心与细心，让我至今记忆犹新。

美国大学上课，教授都是低姿态，可以说平易近人，非常尊重每一位学生。在这里感受不到来自教授的压力感。

我周内去读书，小儿子由奶奶黛安娜照顾。两个人一开始沟通困难。小儿子威廉从小在国内生活，满口地道的普通话，可奶奶是美国人。因此小儿子后来跟我告状说，他想吃蛋糕，奶奶就给他香蕉；他想喝水，奶奶却给了他面包……前几个星期的语言障碍，导致小儿子非常不开心。

大概过了三个月，我发现，小儿子用中文说："我要喝水。"奶奶可以听懂了。奶奶用英语问："你要喝饮料，还是水？"他可以用英语回答："果汁。"

我鼓励将小儿子送去幼儿园，可是威廉的父亲不同意，认为孩子不会英语，去了幼儿园会孤单，没有朋友。

大儿子学习了几年塑料英语，但到了美国一句都用不到。美国的学校，老师不像老师，更像"热情的猴子"，这是大儿子一开始的形容。

他第一天上课回来说："妈妈，这里的老师怎么上蹿下跳的，不像国内老师很严肃。"

当然这种"热情文化"让大儿子有点不自在，每天早上老师都要在学校门口很热情地给他打招呼，可他总是不愿意开口讲话。实际上他可以听懂大部分口语，但就是不开口。这让我想到了朋友们以前开玩笑说的"哑巴英语"，我们学了一肚子哑巴英语，就是不敢开口。

为此我被请去学校开家长会，老师很委屈地找我诉苦，认为我的大儿子"太高冷"，不喜欢跟他们聊天。我说他只是很害羞。也真的很奇怪，我大儿子在国内是一个所谓的"社牛"，逢人都能侃大山，到了美国，却成为一个极度不自信、不愿开口讲话的人。

也确实因为我很忙碌，很少能挤出来时间陪他说话。白天我要去学校上课，晚上回到家里，还有一堆作业。

美国的大学课业压力大，像国内初中、高中那样紧张。他们把所有的压力放到了大学。每一篇作业都要按时交付，错过了时间，就要扣分。当然每一篇作业都会在电脑系统里完成，也会与期中考试、期末考试的成绩综合在一起。每学期我们要修 12 个学分，一门课程大概有三个学分，也就是我们至少要修四门课。每天上四门课，回家就有四门作业。

我第一学期修了英语写作课、公开演讲课、世界文学史课，还有新闻媒体课。作为新生，第一年还有一门社会课。虽然每周三节课，学分却只有一个，可是作业一项都不能少。

所以我上完所有的课，大概是下午五点。学校距我的公寓大概两个小时车程，每天五点坐公交车，到家已经晚上七点左右。

如果我像其他留学生，只是单身读书，那我可以住在学校公寓。可由于我出来读书时已经是两个孩子的母亲，因此我不被允许住校，而威廉奶奶为了和我配合照顾孩子方便，又安排我住她家附近。

实际上，疫情之前，他们有两套房，一套自己居住，另一套留给孩子们定居。可疫情期间很多人失业，这段时间，他们为了生活，卖掉了那套房子。因此当我到美国留学后，就必须租房子了。

大儿子学校放学三点半，到家是四点半。所以他需要一个人在家里待一会。

美国的法律不允许 12 岁以下儿童一个人在家里。黛安娜就希望我大儿子可以去她家里。可孩子说听不懂奶奶讲话，所以不愿意跟她待在一起，非要一个人在公寓。这样他就需要非常安静，不能有任何走动的声音。

美国的邻居，基本不会来我们家里蹭饭、闲聊，但是一旦你在公用楼道放儿童玩具，他们马上会跟物业举报你。如果他们发现孩子一个人在家里待着，也会很积极报警。所以表面上，大家都是和事佬，实际上明里暗里，也做不了朋友。

我到家一般天早就黑了，甚至有时候要在甘农大学附近换乘第二趟车。圣诞节前后，伊利城已经进入隆冬，半米高的积雪落在家门口。

黛安娜已经六十五岁了。在国内很少有这个年纪的老太太开车，可在美国的大街上，七十多岁开车去上班的老人依然很多。

黛安娜眼睛近视，下雪天不敢夜里开车。而由于美国交通与国内不太一样，我还没有拿到驾驶证，不敢自己开车。

好在大儿子读书，校车会在家门口接送，学校管孩子两餐。所以对于他，我操心得不多。

天更冷了，我回家却反而晚了。因为天暖的时候，黛安娜会开车带着威廉来学校接我放学。但是冬天积雪很厚，因为她怕开车，所以我就要坐公交车。

说来奇怪，伊利这个美国小城没有出租车，大概因为家家户户都有私家车，所以出门打车很困难。甚至有时候即便等来了网约车，司机看到我带孩子准备了安全座椅，又不敢拉我们。

美国大学读书，可以根据课程选择时间。我的课程在每周一三五，而周二和周四我就在家写作业，辅导国内学员的文学作品，以及带孩子。

但实际上由于小儿子没有去读书，周二、周四威廉的奶奶又非常想休息，我经常感觉自己被撕扯着。因为孩子希望妈妈陪着玩，可我作业一堆，还要赶着时差半夜爬起来回复国内学员的作业。

周六和周日是我给国内学员上课的时间，一般这两天我都忙得没有时间吃饭。大儿子也因此学会了周末给自己烤比萨、牛排，煮方便面。

一学期课程结束后，我成绩还不错。但由于时差的困扰，加上孩子照顾不过来，我申请了网课，老师也答应了下来。接着我就回到国内，

／美国的大学课堂

把留学的课程改成线上学习。网课有一个好处，每学期可以只修六个学分，也就是只选两门课就可以，只是毕业时间会推迟。

从时间、上课方式到课程内容，美国大学给了学生很多选择。当初我报考这所学校时，选择了创意写作专业，可后来我发现如果用新闻专业毕业，可能更容易找到工作。不仅如此，有的同学一开始选择心理学专业，后来发现计算机更容易就业，于是又在第二学期及时调整了课程。

尽管回忆起来，美国留学那段时间非常辛苦，却也非常充实与快乐。它真的弥补了我 30 多年来，没有正式读一次大学的遗憾。

如今我只想安心通过网课读完本科，拿到学位之后，再申请去美国读研究生。

那时，小儿子也已经大了。作为一个留学妈妈，我也可以享受他们的一些福利待遇。比如两个孩子在美国完全免费读书，学校还可以给孩子提供两餐。当然，孩子们也可以免费享受美国"昂贵"的医疗。

教育

见闻

# 拉美六国教育出访纪行

王定华 [*]

　　因为工作的缘故，我有幸踏上过拉美六个风格迥异的国度，进行访问与交流。在这一系列行程中，通过走访当地高校和教育部门，就教育政策、改革趋势及国际合作等议题展开交流，感受拉美的独特魅力与蓬勃生机。此外，我还特意拜访了我国驻当地的使领馆，不仅得到了宝贵的支持与指导，还与使馆工作人员共同探讨了如何进一步促进中拉在教育、文化等领域的深度交流与合作。这些难忘的交流活动，如同一座座坚实的桥梁，不仅连接了中拉双方的智慧与资源，更为我们未来的合作铺设了宽广的道路，是一段极为难忘且意义深远的记忆。

## 路程遥远的阿根廷

　　2023 年 11 月，本人率领北京外国语大学代表团出访拉美阿根廷、巴西、哥斯达黎加三国。11 月 10 日，我与代表团经过长途飞行抵达阿

---

* 　王定华，北京外国语大学党委书记、国际教育学院教授，教育学博士。

根廷首都布宜诺斯艾利斯。阿根廷既在南半球，又在西半球，地理上离中国的确遥远。我们先从北京飞到巴黎，由于俄乌有战争、巴以冒战火，航线变远，费时较长。转机耗时 4 小时后，再从巴黎起飞飞越大西洋向西向南飞向阿根廷。曾经几十次出国访问，而这是头一次让我感叹：阿根廷咋这么远！

2023 年 11 月 10 日上午，我们访问阿根廷贝尔格拉诺大学，会见了贝尔格拉诺大学执行校长吉奥尔迪（José Luis Ghioldi），该校教授、前驻华大使盖铁戈（Diego Guelar）。我介绍了北外的历史、学科优势、国际交流、科研学术等情况，表示北外立足 101 种语言教学研究，同时开设国际教育、国际关系、国际传播、商科、法学、区域国别研究等领域的教学和研究。两校以本次访问为契机，签订合作协议，将促进师生互访、科研合作等交流。希望双方加强合作，让双向交流成为常态，共同为中阿政经文全面合作、国家发展、世界和平和青年一代的交流作出贡献。吉奥尔迪表示，中阿两国已建成全面战略伙伴关系，中国是阿根廷的第二大贸易伙伴国，战略意义深远。两校学科匹配，在全球化背景下，合作更加重要，期待加深友谊，促进深度合作。盖铁戈回顾了在北京做驻华大使期间的愉快经历，表达了希望两校进一步促进中阿两国人文、教育交流的期望。随后双方交流了学校机制建设经验做法以及在语言教学、翻译、师生交换等方面的合作意向，并签署了两校合作谅解备忘录。

2023 年 11 月 10 日下午，代表团访问阿根廷国立呼尔林瀚大学，考察了该校的校园设施，与相关学院负责人进行交流，会见了执行校长瓦拉赫（Walter Wallach）及学校相关机构代表。瓦拉赫介绍了阿根廷国立呼尔林瀚大学的基本情况、作为公立大学在高等教育普及方面的使命及建设中文师范专业的迫切性，希望在中文课程和专业建设方面得到北外的支持。本人高度肯定阿根廷国立呼尔林瀚大学的办学宗旨，希望推进两校学生交换、教师交流、联合研究等全方位合作，欢迎来自该校的学者、学生到北外讲学或学习。随后两校签署框架协议，阿根廷国立呼尔林翰大学校长、时任阿根廷教育部部长佩尔西克（Jaime Perczyk）和中国驻阿根廷大使馆的同志见证签约，并与本人进行会谈，就夯实合作基础、拓展合作领域、探索未来发展方向等议题交换意见，希望北外为推动中国与阿根廷教育领域高级别合作贡献更大的力量。当时，我邀请佩尔西克在时间方便时访问北外。时隔一年，2024 年 11 月 13 日，佩尔西克如约访问北外。我对他回访北外表示热烈欢迎，并介绍了北外在校园建设、师资培养、人才引进等方面的最新情况，希望未来能够继续拓展西班牙语专业建设、暑期项目组织、学术期刊出版、中文教材与中文课程开发等方面合作，培养更多促进两国各领域交往的人才，为深化两国交流、增进人民友谊作出贡献。佩尔西克表示希望与北外持续推进各领域合作，包括商请北外协助提供中文教师和线上中文课程支持，提升阿根廷中文与中华文化教学水平等，并将鼓励更多阿根廷师生来到北外参加"发现中国"暑期项目及各类长短期学术交流。

2023 年 11 月 11 日，我率代表团继续在阿根廷访问。当日，我们前往布宜诺斯艾利斯大学社会科学学部阿根廷—中国研究中心，会见了学部主任阿里亚斯（Ana Arias）、教务秘书瑞邦（Julián Rebon）、国际合作负责人巴里根（Lautaro Barriga）等人。阿里亚斯介绍了学部的学科设置、本硕博学生比例和师资情况，并结合阿根廷—中国研究中心成立的背景和宗旨，就阿根廷中国研究情况做了重点阐述，双方表示希望可以在语言教学研究、国际关系、国际经贸、国际传播、历史学、国际组织和区域国别研究，尤其是中国研究、拉美研究、南极洲研究等多领域展开学生互换、联合科研、暑期学校等合作。北外西葡语学院院长常福良与布宜诺斯艾利斯大学社会科学学部负责人签署了合作意向书，双方计划于近期启动学生交流工作。

## 金砖大国巴西

2023 年 11 月 12 日，我们抵达巴西联邦共和国边境城市伊瓜苏，开启了对巴西的访问。伊瓜苏市因拥有世界上最宽的瀑布即伊瓜苏大瀑布而闻名遐迩。

2023 年 11 月 12 日，代表团访问了巴西拉美一体化联邦大学，会见了校长阿劳霍（Diana Araujo）、外事副校长玛雅拉（Suellen Mayara）、伊瓜苏市政府廉政治理事务主管博阿托（Nilton Bobato）、伊瓜苏市政府外事厅厅长阿里（Jihad Abu Ali）、伊瓜苏市华人事务市议员陈辛琪（Sinky Chen）和巴西华人协会顾问史迪兹（Dizi Shi）。最让我感动的是，中国驻巴西大使馆教育参赞王志伟从首都巴西利亚飞往伊瓜苏，迎接我

／笔者（左六）和代表团在巴西拉美一体化联邦大学教室前留影

并全程陪同了我在巴西的访问。

在与巴西拉美一体化联邦大学会谈中，我指出：语言承载文明又影响文明，语言展现世界也塑造世界，希望借助此访推动与巴西拉美一体化联邦大学合作建设孔子学院，未来以孔院为平台，促进两校更深入广泛的交流合作，为学生提供国际化教育机会。阿劳霍介绍了拉美一体化联邦大学的历史、学院设置、课程设置、学生比例等情况，希望孔子学院的设立可以进一步提高学校的国际化程度，满足周边三国青年的中文学习需求，推动构建中巴和谐稳固的两国关系。王志伟表示，北外与拉美一体化联邦大学合作建立孔子学院将对当地人民学习中文发挥重要作用，搭建文化交流桥梁，并为中资企业在巴投资创造良好环境。阿里表示，伊瓜苏市近年来与中国合作密切，已经连续几年举办春节和中秋等传统节日庆祝活动，两校建立孔子学院将进一步巩固巴中两国关系，促进文化交流互鉴。会谈结束后，代表团还参观了该校学生公寓、教室、行政部门等设施，并与在校生代表进行简短交流，鼓励他们学习中文和相关专业知识，成为中巴关系未来发展的中坚力量。

2023 年 11 月 13 日，代表团访问里约天主教大学孔子学院，孔子学院中方院长、河北大学历史学院副教授孙艳萍，外方院长、里约天主教大学文学系教授贝伦格（Leonardo Bérenger），里约天主教大学国际合作与协调中心副主任、里约天主教大学文学系教授阿伦卡尔（Ricardo Borges Alencar）以及孔院中文教师和志愿者代表参加会见。中国驻巴西大使馆教育参赞王志伟、新华社拉美分社记者、北外巴西校友会会长赵焱陪同会见。孙艳萍向本人一行介绍了里约孔院的发展历程、师资概况、教学点分布以及重点文化活动。贝伦格介绍了里约孔院的生源分布、国际合作以及挑战和机遇。本人对河北大学与里约天主教大学联合承办的孔院近两年取得的成绩表示赞赏，表示北京外国语大学与里约天主教大学在教育领域的合作具有广阔前景，河北大学和里约天主教大学在拉美地区成功运营孔院的成功经验值得北外借鉴，希望双方进一步加强交流与合作，共同推动中巴文化交流和友谊深化。阿伦卡尔认为，里约天主教大学与北京外国语大学均属于国际化建设水平很高的名校，期待双方未来在多领域，特别是中文教学研究领域开展更多合作。王志伟表示，里约孔院承办了丰富多彩的活动，主动服务当地中资企业和华人华侨，在促进中巴文化交流方面作出了积极贡献，希望与北外承办的孔院之间加强交流、互学互鉴、推动国际中文教育发展。

2023 年 11 月 13 日晚，代表团拜访中国驻里约总领事馆，与总领事田敏、参赞徐元胜等进行座谈。我向总领事介绍了北外拥有为党育人、为国育才、初心不改的红色基因，是一所外向型、国际化的文科综合性大学，并重点介绍了北外学科设置、人才培养和学生就业情况，特别是在遵照总书记指示培养"三有人才"的具体举措。希望外交部和驻里约总领馆给予更多指导和支持。田敏肯定了北外作为"外交官的摇篮"在中国外交事业上的贡献，从一线外交官的角度阐述了当今外交官所需要的素质，对北外培养高层次西葡语复合型人才、服务国家战略提出殷切期望。

2023 年 11 月 14 日，代表团拜访中国驻巴西大使馆，与中国驻巴西大使祝青桥和参赞王志伟进行会谈。本人介绍了北外代表团此行巴西访问取得的成果，介绍了北外在总书记回信精神的指引下，积极推进"十四五"发展战略，坚持"外、特、精、通"的培养模式，强调对学生的通识教育，培养学生的家国意识和人文情怀，希望得到使馆的支持和帮助，进一步扩展北外在巴西的交流与合作。祝青桥表示，中巴关系进入发展新局，两国元首在会面中表达了强烈的合作意愿。推进人文交流对两国关系的发展意义深远。希望北外发挥语言优势，在两国人文交流，特别是加强青年交流中发挥重要作用。2024 年是中巴建交五十周年，使馆也将以此为契机支持北外进一步拓展与巴西大学的合作。

## 没有军队的哥斯达黎加

2023 年 11 月 16 日，我们飞抵哥斯达黎加共和国。这是位于拉丁美洲的一个总统共和制小国。根据宪法，哥斯达黎加没有军队，只有警察和安全部队维护内部安全，是世界上第一个不设军队的国家。 哥斯达黎加经济主要靠农业和电子元件出口，是中美洲地区经济较发达国家，拥有较高的生活水平，土地所有权普遍扩张，而且旅游业蓬勃发展，同时由于是中美洲和南美洲的文化交汇处而拥有多样的文化，被称为"中美洲瑞士"。

2023 年 11 月 16 日上午，代表团访问哥斯达黎加远程大学，会见校长卡马乔（Rodrigo Arias Camacho），副校长迦西亚（Álvaro García），国际处处长、前哥斯达黎加商务部副部长维卡里奥里（Velia Govaere Vicarioli）。在后疫情时代，北外更加注重国际交流合作，推进"北外人，世界行"理念，鼓励北外师生主动走出国门，融入全球，积极对国外大学开展调研交流。希望本次访问在增进两校友谊、加深理解的基础上，探索未来双方在远程教育等领域开展合作的更多可能。卡马乔对代表团的来访表示了欢迎，介绍了学校教学科研、学生管理等情况，并表达了与北外签订合作协议，展开进一步合作的愿望。他表示哥斯达黎加远程大学是拉丁美洲第一所采用远程教育的大学，通信技术的发展为远程教育的开展提供了便利，远程教育是建立知识型社会的一种重要途径，希望两校合作为中哥教育交流作出新的贡献。随后，双方探讨了大学使命、学校机制体制建设、学生资助体系建设等共同关心的问题。

2023 年 11 月 16 日下午，代表团一行访问联合国和平大学。这是一所藏在深山里的大学，牌子很大，规模很小。校长阿拉贝纳（Francisco Rojas-Aravena）来自智利，是位逾 70 岁的男士。在他的陪同下，我们参观了校园设施。之后，我们与阿拉贝纳校长，副校长博尔戈（Juan Carlos Sainz-Borgo），学术总监、国际法系系主任卡纳德（Mihir Kanade），博士学位项目协调员加里多（Mariateresa Garrido），远程教育系主任阿加巴约娃（Samira Aghabayova），地区研究系主任阿科斯塔（Karen Acosta）等举行会谈。阿拉贝纳和博尔戈介绍了和平大学作为联合国系统内的国际组织的建校使命、学校历史、知名成员和校友、学科课程设置、全球办公室设置、国际交流与合作等情况，表达了希望和北外在中国共同建设合作办学机构的愿望。本人对联合国和平大学的热情欢迎表示感谢，赞赏了联合国和平大学在解决地区冲突、促进全球和平进程、促进性别平等诸方面的使命和责任，介绍了北外学科设置、学位授予要求、与联合国系统的交流与合作等情况，表达了希望双方开展线上线下多领域全方位合作，建立深入联系的意愿。

2023 年 11 月 16 日晚，代表团一行拜访了中国驻哥斯达黎加大使馆，会见北外校友大使汤恒、教育专员张飙、文化专员沈滨等人。本人介绍了此行公务访问哥斯达黎加的成果，阐述了北外国际合作与交流的发展情况和积极服务国家语言战略、外交战略等方面的做法，表示北外将继续加强与哥斯达黎加高校和教育机构的合作，培养更多熟悉中哥两

／笔者（前排右四）率团访问联合国和平大学

国语言和文化的人才。汤恒向代表团介绍了哥斯达黎加的国家概况、教育发展、与国际组织合作、与中国交流和汉语教育、孔院设置等情况，并表示使馆将支持北外在当地开展合作，促进双方教师、学生交流互换等项目开展。本人还向使馆青年外交官们分享了题为《全球教育治理方略》的报告。

在哥斯达黎加期间，代表团还与正在此开展"中拉青年民心相通调研"的北外师生见面交流。本人向大家了解了本次调研活动进展情况，希望同学们利用好本次调研机会，与当地师生深入交流，建立友谊和互信，为促进中哥民心相通作出积极贡献，同时表示学校是大家的坚强后盾，鼓励他们成就人生，成为对社会和国家有所贡献的人。来自北外的同学们在哥斯达黎加毫不怯场，用西班牙语与当地青年谈笑风生，优雅自信，不愧是平视世界的一代。

## 感觉熟悉的古巴

2024 年 9 月 28 日，在参加完在芝加哥大学举办的中美顶尖大学校长论坛并对纽约和范德堡等地的美国大学访问后，本人率领北外代表团前往古巴访问。抵达古巴的当日下午，代表团访问古巴哈瓦那大学，古巴共产党中央委员会委员、校长迦西亚（Dra. Miriam Nicado García），副校长萨迪瓦尔（Dr. Dionisio Zaldivar）等会见代表团。迦西亚介绍了哈瓦那大学的学术情况和办学历史，对北外取得的成就表示钦佩，希望两校在西语教学研究领域合作结出硕果。我表示，此次是北外首次与古巴高校签署合作协议，两校在联合科研、学术期刊、师生交流、短期项目等领域具有广泛的合作空间，希望未来能深化与加勒比地区高校的合作，加强中拉关系研究，并邀请哈瓦那大学区域国别研究学者加入北外牵头成立的全球区域国别学共同体，为北外主办的《中拉互鉴》期刊投稿，与北外共同开展联合课题研究。

2024 年 9 月 28 日下午，代表团拜会中国驻古巴大使馆，中国驻古巴大使华昕等会见代表团。本人感谢使馆多年来对北外的大力支持，并围绕北外全球发展规划，介绍了北外近年来在学科建设、人才培养、国际交流等方面取得的成绩，汇报了北外与古巴高校的合作情况及未来计

/ 哈瓦那街头

划，表示北外将继续推动中古两国在教育、文化领域的合作，为培养更多具有国际视野和跨文化交流能力的人才贡献力量。华昕向代表团介绍了中古关系发展的最新动态，希望北外能与古巴高校、机构加大合作力度，培养优质人才，开展合作研究、促进人文交往，增强两国教育事业合作，助力构建中古命运共同体。

由于中国与古巴特殊的友好关系，中国人民对古巴人民有着传统的友谊。因而，本人虽首次抵达这个国家，却感到熟悉，没有什么陌生感。古巴是位于加勒比海地区的岛国，自 1959 年社会主义革命胜利后，建立了以公有制为基础的社会主义制度。尽管长期面临美国的经济封锁和制裁，古巴在教育、医疗、社会福利等领域取得了一些成就。20 世纪 90 年代初，苏联解体后，古巴失去了主要的经济伙伴，经济陷入深度衰退。近年来，随着国际制裁的部分缓解和国内改革措施的实施，古巴经济开始逐步复苏。在教育方面，古巴的教育体系在拉丁美洲地区处于领先地位，平均受教育水平居世界前列。古巴实行全民免费教育，其教育体系分为学前教育、基础教育、中等教育和高等教育，适龄儿童入学率接近 100%。在医疗方面，古巴的医疗水平在全球范围内受到广泛赞誉，被认为是发展中国家中医疗体系最完善的国家之一。其医疗体系以家庭医生制度为核心，每个社区都配备家庭医生，负责居民的日常健康管理和疾病预防。在社会福利方面，致力于保障公民的基本权利，古巴投入巨大，除了全民免费医疗和教育外，古巴还通过国家分配制度为大学毕业生提供工作岗位，确保社会公平。古巴的人类发展指数（HDI）达到极高水平，人均寿命接近 80 岁。在国际关系方面，古巴与多个国家建立了良好的外交关系，特别是在拉美、非洲和亚洲地区。古巴还通过"医疗外交"，向其他国家派遣医生，提供医疗援助，赢得了国际社会的广泛赞誉。但是，古巴长期面临美国的经济封锁和制裁，因而发展受到遏制，老百姓没钱，物资供应也很短缺。我们在古巴的访问期间，除了雪茄、咖啡，没发现什么好买的。

## 袖珍小国巴拿马

2024 年 9 月 29 日，在结束了对古巴的访问后，本人率北外代表团飞抵巴拿马。翌日上午，代表团访问巴拿马大学，巴拿马大学校长卡斯蒂略（Eduardo Flores Castro）会见代表团。卡斯蒂略介绍了该校的办学特色和与中国的交流情况，他对两校间未来开展各层次学生交流、联合培养以及教师学术交流的前景表示肯定。我介绍了北外近年来所取得的学科发展、国际交流、发展理念等最新成就，回顾了北外与巴拿马等拉丁美洲国家合作情况，指出巴拿马大学作为巴拿马最重要的大学和拉丁美洲最重要的高等教育机构之一，对北外在拉丁美洲拓展合作具有重要意义，北外与巴拿马大学在人文教育、社会科学等学科合作潜力巨大，北外将进一步探索新途径，整合新资源，希望通过与巴拿马大学签署交流合作意向书，深化校际合作，增强两校师生交流互动，为中巴和中拉青年交往建设新的渠道和平台。

2024 年 9 月 30 日上午，代表团拜访巴拿马孔子学院，孔院外方院长巫俊辉、中方院长董杨等会见代表团。巫俊辉介绍了巴拿马孔子学院近年来在推广中文教学、弘扬中国文化方面取得的成绩，期待未来更多北外学子有机会来巴拿马学习交流，为巴拿马中文教学推广和两国文化交流作出贡献。本人表示，巴拿马孔子学院长期以来为促进中巴民间友好发挥了重要作用，不仅成为巴拿马人民学习中文、了解中国文化的重要窗口，也成为两国教育合作的重要纽带，相信未来将为中巴人文交流作出更大贡献。

在完成公务后，我们抽点时间对巴拿马国情进行一些考察。巴拿马，这个位于中美洲的小国，因其独特的地理位置和闻名于世的巴拿马运河而备受瞩目。在这个充满热带风情与历史韵味的国度，我们开启一场短暂却难忘的旅程。首都巴拿马城，既有现代化的高楼大厦，又有充满历史底蕴的古老街区。老城（Casco Viejo）是这座城市最具代表性的区域之一，这里保存着许多西班牙殖民时期的建筑，漫步其中，仿佛穿越了时空。老城的街道狭窄而蜿蜒，石板路被岁月打磨得光滑，两旁的建筑色彩斑斓，阳台上盛开着热带花卉，为这座城市增添了几分浪漫气息。在老城的中心广场，人们悠闲地晒着太阳，享受着午后的宁静时光。广场周围有许多咖啡馆和餐厅，我选择了一家露天的咖啡馆，点了一杯浓郁的巴拿马咖啡，静静地欣赏着周围的风景，感受着这座城市的悠闲与惬意。

巴拿马运河是人类工程的奇迹。来到巴拿马，怎能错过巴拿马运河？这条连接大西洋与太平洋的水道，是人类智慧与勇气的结晶。我们零距离参观，亲身感受着这条伟大水道的壮观与神奇。巴拿马运河连接太平洋与大西洋。若航船从太平洋一侧出发，则在穿过运河的各个船闸后，逐渐上升到运河的最高点——加通湖。船闸的运作过程令人惊叹，巨大的闸门缓缓开启与关闭，精确地控制着水位的升降，让船只能够顺利通过。站在高处，我看着船闸的运作，不禁为人类的智慧所折服。在加通湖上，四周是郁郁葱葱的热带雨林，偶尔还能看到猴子在树梢间跳跃嬉戏。湖水清澈见底，倒映着蓝天白云，仿佛置身于一幅美丽的画卷之中。当船只再次经过船闸，便缓缓下降到大西洋一侧。巴拿马运河不仅是一项伟大的工程，更是巴拿马的经济命脉。它见证了无数船只的往来，承载着全球贸易的繁荣。站在运河边，看着一艘艘巨轮缓缓通过，我深刻地感受到了人类对海洋的征服与利用，以及巴拿马在世界舞台上所扮演的重要角色，难怪美国的特朗普对它觊觎已久，虎视眈眈。

加勒比海岸的风情，集中体现在波多黎托湾的浪漫。巴拿马的加勒比海岸有着独特的魅力，而波多黎托湾（Puerto Obaldia）则是这片海岸线上最迷人的明珠。波多黎托湾是一个宁静的小镇，坐落在一片美丽的海滩上。这里的沙滩洁白细腻，海水碧蓝清澈，阳光洒在海面上，波光粼粼。我租了一艘小船，沿着海岸线航行，欣赏着沿途的美景。海风轻拂着脸颊，带来阵阵咸咸的海味，让人心旷神怡。小镇上的人们热情好客，他们用传统的加勒比音乐和舞蹈欢迎着每一位游客。夜晚，我们在海边的一家餐厅享用了一顿丰盛的海鲜大餐，品尝着新鲜的龙虾、螃蟹和各种热带水果。饭后，我们沿着海滩漫步，听着海浪拍打沙滩的声音，感受着加勒比海的浪漫与宁静。

巴拿马城的繁华与宁静，巴拿马运河的壮观与神奇，热带雨林的神秘与生机，加勒比海岸的浪漫与热情，这一切都构成了我心中难忘的巴拿马记忆。我相信，这次旅行将成为我一生中最珍贵的回忆之一，而巴拿马这个美丽的国度，也将永远留在我的心中。说实在的，不去巴拿马，断然想不到这么一个小国，原来是那么多彩而神奇！

## 记忆深处的墨西哥

2023 年对拉美三国的出访，2024 年又对拉美两国的出访，让我回忆起 2006 年对另外一个拉美国家——墨西哥的访问。

2006 年 2 月 11 日，经纽约抵达墨西哥东部海滨小城坎昆。小城的景区主要分布在东西宽 300 米、南北长 3000 米的半岛上，三面环海，水天一色。白天，可见碧波荡漾的加勒比海，热情奔放的墨西哥人民，大腹便便的外国游客，以及一望无际的原始森林，让人宠辱皆忘、心旷神怡。然而，入夜，树影摇曳，像海盗出没；海风怒号，似鬼哭狼嗥，胆小的人会不寒而栗。据说，坎昆刮风是常事，前几年一场飓风，曾重创小城，损失惨重。但人类是倔强的，即便不主动与大自然抗争，也不会轻易被大自然吓倒。坎昆城座座高楼拔地而起，豪华宾馆星罗棋布，虽然夜间常常风大，但由于可尽享日间充足阳光，因而游人纷至沓来，昔日繁荣景象开始复现。游人八成来自美国，大声说笑，呼儿唤女，穿着随意，豪爽中带点土气。

有位老妇人，是退休教师，携家人从美国俄勒冈州波特兰市飞来，非常热情，见人就主动搭讪，称坎昆之美与波特兰相似，显得颇为自豪。恰好我 1988 年首次访美，即是去波特兰州立大学做访问学者，因而回应了几句，她便非常高兴，想滔滔不绝地唠家常，我无心与她闲聊，边附和着，边信步迈向大海美景。我所住的酒店名叫火烈鸟，入店时可选择全包方式，店方在你手腕上固定个彩条，凭此可在酒店任意消

117

费，不再另外付钱。如果你愿意，你可要最名贵的红酒，点最珍稀的菜肴，如同电影台词："不求最好、只求最贵。"

2006年2月12日，我从坎昆飞往墨西哥北部山城蒙特雷，与中国教育代表团其他成员会合。2006年2月13日，召开了为期一天的全民教育专家会，主题是"通过教育评价提高基础教育质量"。专家会上，我了解到，不光在发达国家教育评价已广泛应用于教育质量的提高，而且在墨西哥、埃及、巴西等国，教育评价的学术机构、出版物、评价专业机构和评价活动也很多。印度、孟加拉国指出，加强、改进评价，是提高教育质量的紧迫需要。墨西哥教育部介绍了通过既定标准评价、分组评价、历史评价、邀请国际机构评价，促进基础教育质量提高的做法。大家认为，全民教育正处于关键时期，在新形势下，发展中人口大国应从全民教育的事业推进，过渡到既重事业推进，更重教育质量提高的轨道。在此过程中，评价制度和办法应更为科学合理，通过评价，来争取资源、落实经费，还要激励教师改进教学，提高教育教学质量。联合国教科文组织积极推荐国际学生评估项目（PISA）评价系统，称它可助各国一臂之力，对此，有的国家饶有兴趣，有的则不以为然。

2006年2月14日至15日，第六次全民教育部长级会议在蒙特雷隆重举行，来自孟加拉国、巴西、中国、埃及、印度、印度尼西亚、墨西哥、尼日利亚、巴基斯坦等九个发展中人口大国的教育部部长出席了这次会议。会上，各国代表就当时发展中国家基础教育面临的一些重要问题，特别是教育评价的政策问题进行了发言和讨论。墨西哥政府对本次全民教育部长级会议给予了高度重视，组织非常周密，总统亲自出席，每晚由政要轮番宴请。宴会吃得很简单，但地方很特别，第一次在工业俱乐部，这个俱乐部建在山坡上，华灯初上之时，俯瞰蒙特雷全城，美丽夜色尽收眼底。第二次在钢铁博物馆，蒙特雷理工大学乐队激情演奏，并高唱墨西哥和西班牙歌曲。第三次在现代艺术博物馆，音乐喷泉，珠光宝气，人与物交相辉映。

会议结束后，我决定去一趟墨西哥城。墨西哥城拥有2300多万人口，是世界上最大的城市。中国有吉林省吉林市，美国有纽约州纽约市，都是不错的。而敢与国家同名的城市，应该也不会太逊色。果然不出所料，除交通比较拥挤、建筑色调相对单一外，墨西哥城还是值得参观的。改革大道、革命纪念碑、宪法中心广场、太阳及月亮金字塔，都给人留下深刻印象。墨西哥城中心广场悬挂着世界上最大的国旗，以此进行爱国主义熏陶。金字塔在墨西哥城郊区，是古代祭坛，已近两千年，与埃及金字塔相比历史短些，但建筑恢宏，故事很多，不让人小视。太阳金字塔和月亮金字塔之间，是所谓黄泉路，当时用活人祭祀，被选中当牺牲品的人，来到这里也就踏上了不归的黄泉路。

在墨西哥城期间，我访问了墨西哥联邦自治大学。这是世界上人数最多的大学。各类学生达40万之众，分布在不同的校区。主校园位于一个叫乱石滩的地方，建筑别致，绿树成荫。大学城在颜色、壁画和雕像的使用上大胆创新，中心图书馆是墨西哥城标志性建筑之一，共10层，墙壁用画家奥克曼石刻镶嵌画所覆盖。校园内还有许多各式巧夺天工的壁画，以及 1968 年奥运会留下的巨型体育场。中国公派来墨西哥留学的学生学者每年有数十人，主要学习西班牙语。西班牙语与英语有许多相通之处，和法语、意大利语也有相似，所以西方人懂几国语言，不算稀奇。我们不能总怪中国孩子学英语费时多、进展慢、不善谈，汉语与西洋文字简直太不搭界了，孩子们已经很不容易了。

通过这次墨西哥之行，我对这个国家有了一些直接的了解。闻名于世的玛雅文化、托尔特克文化和阿兹特克文化均为墨西哥古印第安人创造。墨西哥古印第安人培育出了玉米，故墨西哥有"玉米的故乡"之称。墨西哥在不同历史时期还赢得了"仙人掌的国度""白银王国""浮在油海上的国家"等美誉。

## 风物长宜放眼量

拉丁美洲，地域广袤，人口多元，位置重要，具有丰富的文化传统和多样的教育机构，是"一带一路"建设的重要战略支点，也是全球南方的重要合作伙伴。

首先，中国与拉美合作空间广阔。拉美是中国同发展中国家合作的重点地区之一。相对于经济贸易领域的合作成果，人文特别是教育领域的合作需要继续加强，人文教育交流应作为国家和地区间交往的重要基础。在访问中发现，当地高校对于开展中文教育、加强中国研究，以培养更多了解中国情况、熟悉中国市场的毕业生具有较强意愿，愿意与中国高校一起，结合自身专业设置、学生培养实际，开展务实合作，增强人才培养的国际竞争力。高等学校要发挥学科和人才优势,加强与地区各国高校、研究机构、智库等的交流互鉴,开展实质性对话合作,推动双方教育、文化、科技等领域合作升级提质。

其次,拉美国家政局变化存在危与机。2023 年出访期间,适逢阿根廷国内总统大选进入白热化阶段。极右翼选举联盟"自由前进党"候选人米莱调门很高,引起的争议也非常多。后来,他如愿当选为阿根廷总统。一方面,有评论认为,阿根廷政治经济政策加速"右转",这为中阿关系带来更多不确定性。另一方面,尽管竞选期间米莱对华表态不友好,但从拉美国家选举实际看,竞选语言甚至竞选纲领,在很大程度上并不代表未来施政主张。应当审慎应对拉美各国因当地政局更替带来的局势变化,克服短期不利局面,坚定"走出去"信心,客观冷静观察,促进合作共赢,实现共同发展。

再次,各国政府支持教育经验值得借鉴。出访中调研的阿根廷国立呼尔林瀚大学、巴西拉美一体化联邦大学、哥斯达黎加远程大学都属于国立或公办性质大学,其办学模式、人才培养等受到国家、政府倾斜性支持和保障,体现本国发展教育理念。以巴西为例,为了保障和扩大弱势群体接受高等教育的机会,自 20 世纪 90 年代颁布并实施了一系列教育平权政策。巴西实行"教育配额制度",要求所有联邦大学为公立中学的黑人、残疾人和低收入家庭毕业生群体预留 50% 的入学名额,以提升弱势群体接受优质高等教育的机会。目前,巴西已经拥有拉丁美洲最大规模、世界第四大规模的高等教育体系,这为巴西建设世界性强国奠定了人才基础。

那么，未来在教育合作方面应作何考虑呢？我认为应关注以下几点。

第一，应当探索创新合作模式。拉美国家高度关注与中国在经济、人文等领域的合作，有意愿积极开拓合作渠道，建立合作关系。可以通过打造"专业＋中文"协同培养模式，满足当地高校复合型、国际化人才培养需求，同时扩展中文教学的设置范围，并通过中文师资培养培训、教学资源研发、新汉学计划、中文教师奖学金等方面加以补充，满足当地高校开展中文教学和中国研究的需求，促进该地区中文教育可持续高质量发展，为增进中拉人民之间理解互信、深化合作贡献力量。

第二，应当加强学术合作交流。加强国际学术合作与研究交流是促进国际交流与理解的重要手段。通过这种合作，共享各国之间的知识和科技成果，促进学术的发展和创新；更多搭建相关文献和信息的知识共享平台，推动与拉美国家在知识生产、深化双边智库与学术交流的深度合作，促进更多国家之间的沟通与了解，为全球社会的进步和发展作出更大的贡献。在此过程中，可进一步开展中文、英语、西语、葡语等相关语种的教育与文化交流，以培养学生的语言能力和理解力，加深交流和理解。

第三，应当发挥智能化教育技术。当今社会，数字基础设施建设大幅提升，人工智能、大数据等在数字教育中将发挥愈加重要的作用，深度搜索（Deepseek）带来新的便利与冲击。哥斯达黎加远程大学在哥拥有 37 个教学点，覆盖学生人数超过百万。设有本科和研究生课程，并在其教学模式中大量使用信息和通信技术。要充分发挥新兴信息通信技术作用，发挥在线教育优势，建设好教材资源库、教学课程库等资源，为扩展教育受众覆盖面，加强中外教育更好交流合作搭建高效平台。

第四，应当推动协议落地落实。这些年，北外及兄弟院校分别与拉美相关高校签署合作协议，在我国建设教育强国进程中，应当加强后续对接联系，推进学生交换、教师交流、联合研究等合作。探索推动与有关高校合作承办孔子学院的新机制。北外应落实与哥斯达黎加远程大学的合作协议，在西班牙语教育或其他学科领域的远程教育合作，要依托慕课联盟和北外网络教育学院的技术优势，加强双向交流和成果分享。我们还应与拉美各大学对接双方课程设置和培养方案，推进中外合作办学项目落地。

# 幸福教育的难题

李镇西 [*]

　　我去过丹麦几次，曾撰文在朋友圈或公众号上介绍过丹麦教育。经常有朋友问我："借鉴丹麦教育模式，能够解决中国的教育问题吗？"这是一个绝对有理且正确的问题，因为对任何域外的教育，我们都可以提出这样的质疑。但是，这样的问题永远是正确的废话，因为至少在目前，连中国自己都不能解决自己的教育问题，怎么可能乞求丹麦教育、芬兰教育、日本教育、美国教育等"经验"来拯救中国教育？正确的废话还不止这一句，还有"学习国外经验，要取其精华、去其糟粕。""必须将国外的经验与中国的国情相结合。""面向世界是对的，但还得立足中国。"……我之所以说这些话正确，是因为确实如此；我之所以说它们是废话，是因为这些常识都是不言而喻的，是我们讨论中国教育的"默认前提"，没必要挂在嘴边。比如我们说"人必须吃饭"就省略了一些"默认前提"——必须适量而不能过分，否则只有撑死；必须吃用自

＊　李镇西，四川省成都市武侯实验中学原校长，语文特级教师。

己劳动所得的钱换来的食物，而不是通过偷、抢、贪等非法手段抢占别人的食物；人不能仅仅是吃饭，还得有高尚的精神追求……如果有了不需要声明的"默认前提"，那么共识也就达成了——包括丹麦教育、芬兰教育和世界其他国家的教育，对中国教育都具有重要意义，这个意义主要是用更加贴近人性特点也更加符合社会发展的教育理念，完善中国的教育，最后造福于我们的孩子——中国明天的每一位公民。注意，我这里强调的意义更多是在理念领域，而不是操作层面。也就是说，我们要研究、思考、学习的是"道"而非"术"。虽然不能说他们的具体方法绝对不能借鉴，但"东施效颦""邯郸学步"式的"学习"注定是要失败的。但很遗憾，不少中国教育者到了国外，首先想到的是怎样才能学几招有"操作性"的具体做法，来提高中国的教育质量——而在目前我们中国的教育语境中，所谓"教育质量"更多是指向升学的。

这次在参观丹麦北菲茵高级中学时，那种舒展、个性、尊重的教育，让我们感到不可思议！交流中，有人提出诸如"你们是怎么设计压轴题的"之类的中国式问题，校长一脸茫然，完全不知道该怎么回答。说实话，我完全理解提问的这位老师。因为包括他在内的许多老师都深陷中国教育内卷的沼泽，太急于找到能够"拿来就用"的妙招了。这不是他一个人的困惑，而几乎是所有中国教育人的共同焦虑。所以，一旦听说哪个国家的教育很先进，便一股脑地提出许多希望请教的问题，比如我几次去丹麦，就听到了中国教育同行提出过这样一些问题——"丹麦青年学校的模式，如何在中国落地？丹麦是如何通过评优选先来激励教师专业成长的？""丹麦学校是如何科学运用考试结果来引导教师敬业爱岗的？""丹麦校园的安全性很有保证，有什么中国学校可以效仿的经验能够分享一下吗？""我看见丹麦孩子课间的运动量很大，丹麦学校是如何保证孩子每天阳光体育一小时的？""丹麦的幸福教育是如何量化考核的？""丹麦幼儿园是怎样进行幼小衔接教育的？""丹麦学校是如何与家长签订安全责任书的？""你们是怎样处理学生的早恋问题的？"——显然，这些问题都是丹麦教育同行无法回答的，因为他们根本就听不懂这些问题。即使翻译给他们讲了这些问题，他们也没法理解为什么中国教育者会有这样的问题。一切"隔阂"都源于两个国家历史的、文化的、政策的、环境的以及陌生人之间关系方面的种种不同。

举一个例子，我去参观斯莱特学校时，问校长："你们如何管理教师呢？如果对教师不满意可以解聘吗？"他回答："我们是公办学校，但我是校长。老师在这里工作，都是我雇佣的，如果对老师不满意，我是可以解雇他的。这是我的责任，我必须保证每一个老师都是合格的。"我问："丹麦有职称评定和评优选先之类的事吗？"他回答："没有。"我问："没有这些激励措施，那你如何保证你的老师的责任心和专业能力呢？"他回答说："打个比方吧，我会把有经验的老师和缺乏经验的老师组合在一起，让有经验的老师去带一带没有经验的老师，帮助后者提升。当然，学校里哪个老师强，哪个老师弱，我心中是有数的。我经常跟老师一对一地对话交流，我会利用这种交流的机会，把我的赞赏或建议传达给他们，鼓励或帮助老师。在下一年制定学校计划的时候，我会把许多优秀老师的建议和想法写进去，让他们以这种方式参与学校的发展，他会觉得自己被欣赏。"我问："如果遇到确实不负责任或者经过努力也无法达到教学要求的老师，怎么办？"他说："这样的老师肯定有。我会给他机会，分管校长会找他谈，给他指出问题，提出改进的建议，我也会找他谈。不会马上就解雇。但如果实在不行，那我肯定不会再用了，我会亲自找他谈，说你不适合在这里工作了。但丹麦有强大的工会，会维护每一个老师的权益，比如工会规定，被解雇的老师根据一定工作年限，会多付六个月的工资，让他有半年的时间找到下一份工作，所以不会把老师一下子推向极端的境地。我的压力不大。当然，有时候被解雇的老师不一定都是不称职的，也可能是因为预算不够，不得不缩减编制。"我问："教师之间的工资有差别吗？"他说："在丹麦，校长无权决定老师的工资是多少，每个老师所教的年级和科目如果相同，那工资是一样的。12年中，老师的工资有三个晋升的阶梯，只要没有大的失误，到了那个时段，自然就晋升。只要没有大的问题，老师的工资根据年限自然增长，所以我没有压力。"我问："丹麦教师的工资在社会上比起来，是属于哪种档次？"他回答："属于中等吧，比医生、警察高。我们老师都为自己的职业感到骄傲，感觉社会地位不错。当然，我们是民主国家，媒体上什么声音都有，也常常批评我们公立学校的老师。这很正常。但总体上讲，我们还是很受尊重的。我们这个职业很有安全感，整个保障体系也很完整。"我问："老师们的工资都一样，也没有额外的奖励，那他们从事教育工作的动力从哪里来？"他看了看我，然后非常郑重地说："我们的老师，作为公立学校的教育者，的确特别自豪。我们的工作，是把我们一代一代的孩子塑造成一个适合民主社会的人和公民。到他毕业的时候，他已经是丹麦的公民，这就是我和我们的老师，作为丹麦公民，觉得最有意义的事情，这就是最大的激励！培养公民，就是一个教育者最大的自豪！"在丹麦学校，不需要所谓的"额外的奖励"或者"激励机制"，因为培养公民，就是一个教育者最大的自豪！

那天我刚好听了一节数学课，课后与数学女教师聊天。我问："您认为在这过程中，作为教师最重要的品质是什么？"她说："温暖和爱。不要让孩子感觉老师对他失望，而要让孩子感受到老师的鼓励，这种充满温暖和爱的鼓励对孩子特别重要。"这时候我们身旁走过一个女孩子，看样子是中东来的学生。她就顺便举例说："有的孩子是从别地移民或者作为难民过来的，如果从低年级过来就还好，除了语言障碍，其他学习都没大的问题，但高年级过来就有点困难了，学习进度都不一样。比如刚才走过去的那个孩子是一个叙利亚女孩，到丹麦已经两年半了。当初她的数学成绩和别人差距太大，我专门为了提高她的数学成绩，花了好多时间和精力。我现在特别高兴的，就是她的数学成绩已经跟其他学生一样好了。"我问："您给这些学生花额外的时间和精力辅导，学校给你有额外的报酬吗？"

她笑了："没有。学生成绩提高之后脸上的微笑，对我来说就是最大报酬。我看到有的孩子刚入学时，成绩不好，没有自信心，可是现在他们成绩提高了，脸上有了笑容，我就很欣慰。学生离开我以后，不论他们从事什么职业，只要作为一个公民，他们能够面对社会挑战时充满自信，为国家和社会尽可能运用自己的能力、实现自己的价值，然后一代又一代地回来看我，脸上挂着微笑，这就是对我的最大的奖赏。我希望我能够看到更多这样的微笑。"听到这些真诚的话语，丽萨女士的眼泪一下就涌出来了，她一边擦着眼泪一边翻译。我不禁对这位数学老师说："您很伟大！"她说："谢谢！我是一个用心当教师的人。"那一刻，我产生强烈的共鸣，对她说："我也是。"我俩的手紧紧地握在了一起。就像可能许多中国教师无法理解这位丹麦女教师一样，我敢说，她也无法理解中国教师的种种困惑。

在这个背景下，我们在丹麦以中国式的思维向丹麦同行提出许多中国式的问题，他们当然就无法理解，更无法回答了。但是，这依然不妨碍我们把眼光投向丹麦。在今天，有朋友在我的朋友圈文章下留言：国情不同，不可一概而论，更何况印度、韩国、日本等国学习竞争跟我们一样"残酷"。我当即回答：印度我不够了解，但日韩的中小学教育我是略知一二的，和丹麦相比，他们可以叫"残酷"，但和中国比，完全不是我们渲染夸张的那样，相反，以我们的标准，他们已经很宽松了。我没说过我们一定要原封不动学习丹麦的教育模式，实际上也不可能做到。文化背景不同的确也是客观事实，但人的天性总会让人类的教育有共同的追求价值。我们每天面对的孩子应该享受成长的幸福！作为中国教育者，这是我们的职业初心，也是我们的教育使命。尽管我们个人的力量微不足道，但我们可以尽其所能，能做多少算多少，能做一点算一点，才能无愧我心。

# 乌兹别克斯坦留学日记

黄铭姗 [*]

## 引子

2023 年 9 月，受国家留学基金委员会"中亚世界文化遗产保护与旅游利用研究人才培养计划"项目的资助，我来到了位于中亚内陆的文明古国——乌兹别克斯坦，在撒马尔罕"丝绸之路"国际旅游与文化遗产大学（以下简称"丝路大学"）进行半年时间的学习。半年时间一晃而过，我无时无刻不感受到乌兹别克斯坦人民的热情好客，以及悠闲自在的生活氛围。我用脚步所丈量的每一寸土地，也都在向我诉说这个国家传奇的文化历史。

## 撒马尔罕的日常生活

撒马尔罕，在乌兹别克语中意为"肥沃的土地"。它是丝绸之路上的枢纽城市，大约有 2500 年的历史，是中亚最古老的城市之一。2000

---

* 黄铭姗，北京第二外国语学院中国服务贸易研究院硕士研究生。

年，整座撒马尔罕古城被联合国教育、科学及文化组织评定为世界文化遗产。在撒马尔罕，我能够随处看见各种各样的宗教文化建筑及独具苏联特色的住宅区。

我来到这座城市时，正值撒马尔罕的旅游旺季。在这座城市极负盛名的景点雷吉斯坦广场附近是一片壮观宏伟的神学院建筑群，往来的游客被高耸的拱门、奇异的墙绘和巨大的宣礼塔所吸引，毫不吝啬地给它拍摄照片。夜幕降临的时候，这里会上演一场灯光秀，此时，所有建筑都被笼罩上五彩斑斓的光影，游客不约而同发出惊呼，然后默契地安静下来，欣赏这一场独特的表演。绚丽的灯光随着古老的伊斯兰民谣的旋律摇曳，现代科技文明与传统伊斯兰文化在此激烈碰撞，给人以视觉听

/ 雷吉斯坦广场夜晚的灯光秀

觉的双重享受，让听不懂歌词意思的人，也仿佛看到了丝路之国千百年前的传奇历史。

进入雷吉斯坦广场需要收门票，但学生可以免费进入。值得注意的是，无论是哪个景点，本国和外国游客都是分开收费，外国游客的门票钱往往是本国居民的几倍。作为一个国际旅游城市，如此划清界线，实在是令人费解。更有意思的是，三个神学院里面都有着大量的商铺，卖的纪念品种类却是巧合地相似，碗碟、布包、毛绒公仔、围巾、帽子、地毯、冰箱贴、民族服饰、银质首饰等等，款式如出一辙。虽然店家大力溢美其为"本地手工制作"，但同款纪念品在不同店铺的高频出现，难免还是让人怀疑其为"他国进口的小商品"。

神学院里的展品静静地躺在玻璃箱里，甚至有一些遗址的瓦片直接摆放在游客触手可及的地方，或随意堆到一旁的墙角，又让人不禁惊讶于这个城市的开放和包容，历史藏品甚至可以让游客随意触摸。最令人感叹的还是神学院内金碧辉煌的清真寺，我被华丽的穹顶迷住了，仰着头看了许久，直到脖子酸了才反应过来。藏品的介绍文字很小，分为乌兹别克语、俄语和英语，而且被贴在反光的玻璃板上，难以识别。作为一名他乡之客，只好僭越地揣测着它们背后的故事及历史。当然，为了让外国游客能够更好地了解雷吉斯坦广场，门口还有一个不知是否为官方所设的导游亭，每当有游客经过时马上有人热情地出来招揽"拉客"，但高昂的费用还是令人望而却步。为何要给想要了解雷吉斯坦的前世今生的旅客设立如此不亲民的价格门槛，实在是想不明白。

本地人的集市叫巴扎，熙熙攘攘的人流展现了这座古老城市的生机与活力。巴扎的占地面积都非常大，划分为纪念品区、面包区、干果区、香料区、粮油区、蔬菜区、肉类区、衣服区及小杂货区等。摊贩总会向往来的人热情大声地吆喝。初来乍到的我，不由得会因为看到那巨大的瓜果蔬菜和馕而感到震惊，且来往的居民都是推着推车，一筐筐地进行采购。

挑选商品时，我心里总会默默盘算只买一根黄瓜或一个小洋葱是否有些不合规矩。但摊主总是笑笑地看着我，不断问"卡利亚？""亚颇尼？""ki他以？"（分别为韩国、日本和中国的俄文发音）来猜测我的身份。当我回答中国时，他便马上大声说"你好你好"，颇为有趣。但他们猜测身份时先问韩国、再说日本，最后才是中国的顺序，也体现了日韩文化对当地的影响要比中国文化更深。在乌兹别克斯坦，朝鲜族人口就有20余万人。街上随处可见的韩餐、韩文培训中心，还有巴扎售卖的韩国明星的周边，无不彰显韩国文化在这里强大的统治力。虽然中国有不少商品大量出口到此，但如何更好地让中国文化传播到这片土地，也是我时常在思考的一个问题。令人欣慰的是，中餐厅和中国奶茶店已经悄悄在这个城市扎根，也获得了一部分当地民众的喜爱。

不过，或许是因为处于内陆，这个国家的蔬菜主要还是以西红柿、黄瓜、萝卜、土豆、洋葱、包菜、南瓜为主。每个摊贩都很热情，当我在一个腌制肉摊前稍微多停留了一会，店主直接拿起刀片了一块肉，就要递到我的面前让我尝一尝；有卖袜子的店主看到我还会主动拿起几双袜子告诉我说，这是中国制造的，质量特别好，你可以买这些；烤鸡店的老板会因为我举起手机拍照而感到十分开心，还跟一旁的摊主炫耀自己的摊位被外国人留影了，等等这些，无不让我感受到当地的民风淳朴。

在来这个城市生活前，我很少能想象停水、停电、停气的生活。但是在这里，由于基础设施建设并不发达，这些现象就成了家常便饭，总是毫无任何征兆地搞"突然袭击"。向房东抱怨，房东也只能无奈道歉，乐呵呵留下一句"欢迎来到乌兹别克斯坦"，自嘲他们早已对此习惯。在冬日里最寒冷的几天，我也只能在房间摸着冰冷的暖气片，穿着棉袄裹在被窝里暗自叹息。

## 丝路大学的学习体验

我所在的丝路大学由乌兹别克斯坦总统于 2018 年上合组织青岛峰会上发起倡议而设立。作为撒马尔罕唯一一所国际化大学，丝路大学采取全英文授课。

在课堂上，令我印象深刻的两门课程，授课老师分别是年迈的德国教授及年轻的乌兹别克斯坦教授，两人的讲课风格也大相径庭。德国教授上课很喜欢跟学生互动，不时坐到学生面前的桌子上，也会大声地敲敲桌板，手舞足蹈地解释自己的观点；而另一位本地教授上课时则喜欢看着手里的讲义详细地读上面的知识点，腼腆得都不敢抬起眼睛面对学生，不时颤抖的双手还是出卖了他面对课堂的紧张。

/ 丝路大学

　　丝路大学的大礼堂也是一个神奇之地，其不仅承接各种各样的国际会议，还作为大型娱乐厅使用。每天都会听见从里面传出来的歌声、乐器演奏声，甚至几乎要盖过老师课堂里的声音了，仿佛学术氛围也随着歌舞声弱化了不少。此外，在午休时间这里还会被学生们"占领"，作为卡拉OK现场，大家在此欢声笑语，十分热闹。在这个国家，载歌载舞已经刻进了人们的骨子里，每个人都是天生的舞蹈家。无论是什么活动，人们吃饱喝足，就开始翩翩起舞，如果听到音乐响起还不为所动，多少显得有点不太合群。但腼腆的我总是不好意思迈开第一步，在屡次被当地学生拉起来跳了几次以后，也开始慢慢习惯并融入当地的文化氛围里。对于他们对舞蹈的热情，我其实内心十分羡慕。毕竟，只有对生活充满激情又无忧无虑的人们，才能毫不拘束、随时随地开启一场自在的舞蹈吧。乌兹别克斯坦人民对舞蹈的痴迷，也展现了他们对美与艺术的渴望与追求。

丝路大学的图书馆并不太大，书也不多，按不同语言划分区域。有趣的是，日语和韩语区占的比例非常大，但基本上以语法书为主，还有一些介绍国家政治、历史，以及文学的图书，年份都比较久远。图书馆的公共休息区放着许多沙发，在这里会有一个小小的中国角，最上面放着几只熊猫玩偶，书的种类十分丰富，小说、文化书、寓言故事一应俱全，且年代也更新一点。图书馆里摆放的书籍崭新得像没什么人翻动过，因为相比而言，来图书馆的学生的数量远不及去大礼堂或体育场的，我偶尔还能享受一人独占整个公共休息室的时候。不禁让人怀疑，比起读书，难道唱歌跳舞和体育运动对当地学生的吸引力更大吗？

## 塔什干及布哈拉的游历感受

在短暂的寒假里，我前往了首都塔什干和被列入世界文化遗产的古城布哈拉，这两个城市离撒马尔罕都只需坐两小时的火车。作为首都的塔什干，无论是城市规划还是交通建设都更具现代化。塔什干的地铁线连通了主要旅游景点，刷中国银行卡就能进站，十分方便。每个地铁站的装修风格都独具特色，大理石的装修，漂亮的穹顶，充满了浓厚的苏联风情，宏伟壮观。

给我留下深刻印象的是以航空登月为主题的"宇航员"地铁站，车站以神秘的暗蓝色为基调，墙壁上刻着苏联宇航员的人像以及卫星火箭，穿梭在地铁里，仿佛漫步在太空一般。由于地铁线的标识都只有俄语或乌兹别克语，线路交错复杂，稍有不慎就会坐错站。但是地铁站里有许多工作人员，向他们询问就会得到耐心解答。

除主要景点以外，街道上随处可见的苏联时期的老住宅区，小拉达

/ 宏伟的航空天文主题地铁站

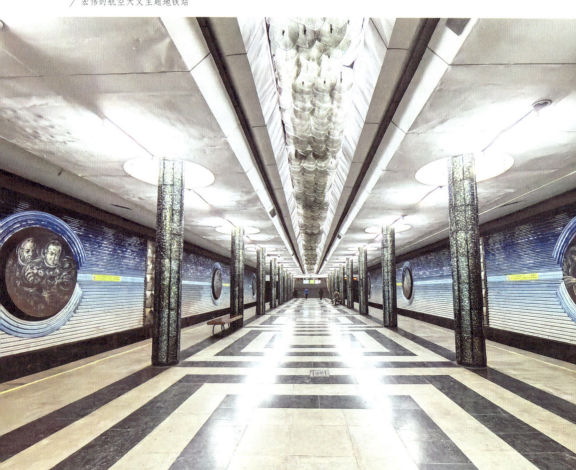

车等，也是在国内难以见到的独特风景线。在塔什干，古老的文化景点旁边也许会耸立着几座摩天大楼，历史感和现代感的交融碰撞，展现丝路之国厚积薄发的发展活力。

相比于塔什干的繁华喧闹，布哈拉则显得宁静而更具历史感，这是一座饱经风霜却又闪烁着历史光辉的城市。她是一座沙漠小城，风一吹就会扬起满地黄沙。这座城市几乎没有任何现代化的气息，低矮的楼房、古老的城墙、狭小的街道、随处散落的文化遗址，让人仿佛穿越回中世纪。整个古城大约半天就能逛完。游览下来，无论是建筑风貌，还是景观内饰，抑或文化藏品，布哈拉都给人以浓浓的伊斯兰宗教文化气息，并随时给游客展示一场盛大的视觉盛宴。

在寻找孤独星球《中亚》封面的历史建筑——查米纳清真寺时，我跟着导航，穿越了许多迷宫般狭长的小巷，一路都十分安静，看到显示即将到达的时候，映入眼帘的都是本地的民居，正以为是不是找错地方，转过拐角，突然发现一个小巧玲珑、有着四个塔的建筑，夹在民居和大树之间，十分不起眼，才发觉原来已经到了。抬头看着这个建筑，一股浓厚的历史感扑面而来，后面徒步的旅客，也会在突然看到它时有几分惊讶。作为一个当地著名的旅游景点，来访的只有几只慵懒猫咪以及零零散散的旅人，显得格外低调而宁静。对于游客而言，这里可能是他们探寻丝路之国文明瑰宝的神圣宝地，但对于本地居民和猫咪而言，他们想的也许没那么复杂，随处可见的遗址只是楼下散步的一个小花园罢了。

## 小结

在乌兹别克斯坦的半年生活中，我从一开始的毫不适应，到现在的如鱼得水，甚至会跟其他留学生笑称自己已成"本地人"。与中国不同，这边人民的生活节奏较为缓慢，做什么事情都会慢悠悠的。只要是本地人跟你说，再等10分钟，那你可能就得耐着性子再等上半个小时。又比如：下课时间一到，老师对着课堂恋恋不舍时，本地学生已迫不及待站起身走出门外，向老师礼貌道别；离下班时间还有半小时左右，有些职员的办公室已经闭门关灯谢客。他们对时间观念的双重标准，实在是令人咬牙切齿却又无可奈何。

但同时他们也有热情可爱的一面。作为对他们而言十分陌生的东亚面孔，在街上相遇总是会被询问来自哪里，在听到回答是中国后，他们会十分高兴地竖起大拇指，然后毫不吝啬溢美之词。打车找不到司机忐忑不安时，我们向路人求助时总会被耐心地对待。有时他们还会希望与我们合影，又或是想把你当成练习英语口语的对象。有几次在列车上，甚至被本地的乘客询问要不要尝尝他们的坚果和馕。就算是言语不通，也让我感受到乌兹别克斯坦人民的友善。此外，这里民风淳朴，治安很好，随处可见巡逻的旅游警察，让人有踏实的安全感。

在课堂上，大家都对中国的文化非常感兴趣。当我以故宫为案例讲述中国文化遗产数字化的实践时，同学都听得十分认真，还会提出各种问题。就连老师也搬起了椅子乖乖地坐在大屏最前面，目不转睛地看着，让我不禁燃起了强烈的国家民族自豪感。

　　无论是这个国家的独特风土人情，还是悠久的历史气息，乃至丰富的文化遗产，都让我深深为之着迷。在这里生活的每一个片段，看过的每一处景象，邂逅的每一个热情的人民，就像一颗颗明珠，永远在我记忆中发光闪烁。

　　（本文原载于微信公众号"清华大学国际与地区研究院"，有删改。）

# 泰国课堂初体验

郑贤文 [*]

在彝州楚雄的教师群体中，我是平平常常的一个。2013 年 7 月由国务院侨务办公室（以下简称"国侨办"）选派赴泰国任教后，便沾了祖国之光，连德高望重的泰国北部华文教育界老前辈也高看了我一眼，认为从祖国选派的教师，必定是有两把刷子的。

2014 年 3 月底，泰北华人村华文教师联谊会的王相贤会长把我找去，说联谊会旗下的华心学校积弊甚多，华心学校董事长（泰北华文学校校务委员会上设学校董事会）恳请王会长派遣人手，协助整顿学校积弊。王会长命我一个月内完成这项任务。

我听后吓了一跳，心中惶恐，自知能力不及，便一再婉拒。无奈王会长异常执拗，他两眼一鼓，说：郑老师，这是死命令！

推脱无望，只好硬着头皮上。外派泰国之前，我曾在西舍路小学办公室写材料，因工作使然，三番五次整理涉及学校管理的各项规章制

---

* 郑贤文，云南省楚雄市教职工服务管理中心副主任。

度，心想，不如依葫芦画瓢，把各项管理制度借鉴过去，套在华心学校上；再根据华心学校实际情况，稍作变通，只要有三分成效，也不枉我一番忙活。

年近古稀的华心学校董事长杨老先生亲自驾车来接，同行的还有玉溪教科所的魏老师，她和我一样同是国侨办外派到泰北任教的。一路上，满头华发的杨老先生痛陈泰北华校积弊，说到痛心处连声叹息；又十分肯定中国外派教师对泰北华文教育所做的实事，赞誉之色，溢于言表。老先生言辞恳切，对我和魏老师期望甚厚。我心中亦感佩老先生一生致力于泰北华教，年近古稀仍不懈怠，心中油然生出一股豪情，下决心尽我所能，不负所望，做一番改变。

刚进华心小学，就看见几条毛色体面的流浪狗横七竖八地睡在宿舍楼前，我素来不养猫狗，心中不以为意。魏老师则不然，她宠爱小狗，可突然见了这七八条大狗，心中反倒发怵。特别到了月黑风高的晚上，白天懒洋洋的七八条流浪狗便满血复活，上蹿下跳，狂吠不止，似乎只要它们高兴，顷刻便可毁掉我们住的那栋楼。夜里惊醒，听着恶犬齐吠，心缩成一团，再难入眠。

我很快发现华心小学弊病颇多，其中最严重的是学生的课堂纪律。上二甲班的第一堂课，我已在讲台站了超过一分钟，教室里只坐着半数学生，且这半数学生，有捏着一团糯米饭在吃的，有脱下拖鞋前后对打的，有拎着垃圾要走出教室去倒的……完全无视我的存在，我火冒三丈——必须给他们个下马威。正要发作，一个小孩提着扫把走到我面前，仰着小脑袋，说："老师，请让一下，我要扫地。"我不自禁地退了几步，走下讲台。

就这样，尚未发作，我被孩子"撵"下讲台。事后反思，在国内，讲台是教师神圣的"领地"，承载着古已有之的师道尊严，孩子不会轻易请教师"下台"。或许这也体现了不同地域课堂文化的差异，泰国版图属于亚洲，但教育方式更接近西方，泰文学校的课堂气氛本身比较活跃、自由。我与孩子们在课堂上的价值观、思维方式以及行为模式存在分歧。

还记得我和另外三位中国老师在当地泰文小学学习外语时，一间教室里，孩子们在前面上课，我们四个老师在教室后排拼了两张桌子学习。泰文小学里孩子的活跃程度让我们"大跌眼镜"。例如：有一节英语课，孩子们听了 10 分钟之后就开始捣乱，老师便不再讲授新课，把该课的英语单词写在黑板上，让孩子们照着抄写。抄了一会儿，孩子们又坐不住了。有个孩子自行离座跑到后排，仰着脸蛋问我们：她脸上的贴画是不是很可爱？有两个男孩子不在练习本上写，非要到黑板上写，老师由着他们并不制止，他们反倒在讲台上因黑板区域争执而哭闹起来，不可收拾。老师干脆打开班上的储物柜，给每个孩子发一台学习机，让孩子们用学习机来查黑板上的单词……

习惯了国内严肃的课堂，我觉得这些孩子简直没有一点学习的样子，将来如何面对竞争？可事实上，是我杞人忧天了，这一群群乱糟糟的孩子，他们张口便可说泰语、汉语、缅语、英语。

"无规矩不成方圆……要想改变华心学校现状，首先要整顿学生的课堂纪律。"杨董事长听了我一番慷慨陈词，非常支持我的想法，但又担心当地教师固守现状不肯改变。我决定先从我任教的班级开始改变，一个星期之内，我要让当地老师看到课堂纪律改善的益处，只有争取到了他们的信任，我从国内带来的各种规章制度才能落地生根。

要在华心学校大刀阔斧地进行改革，首先得改善二甲班的课堂纪律。道阻且艰，接下来的一周，我把二甲班教室当作"没有硝烟的战场"，而那些调皮捣蛋的孩子，则成了我的"劲敌"。每一堂课我都使出浑身解数来吸引孩子们的注意力，对违反课堂纪律的孩子严加惩罚。孩子们开始惧怕我，越来越讨厌我这个牺牲假期来为他们无私奉献的中国老师。

魏老师则与我不同，她发现教鞭无用，就放下教鞭走到孩子们中间。学生教她做凉拌木瓜丝，她就教孩子们做中国结。如此一来，孩子们放学后仍舍不得回家，到宿舍楼前教魏老师说泰国话。魏老师倒成了学生，那些淘气的孩子一本正经地成了小老师。

教完中国结、剪纸、折扇、书法等，魏老师说她已没有什么可以再教给孩子们了，她要回国休假了。我当时想，魏老师还是被那些夜里狂吠的流浪狗吓得落荒而逃了，但我不能半途而废，我要迎难而上，对自己的假期有个交代。

魏老师离开那天，十多个孩子从泰文学校逃课来送她。他们在学校里与魏老师拥抱、拍照，送给小礼物，然后骑着自行车一直把魏老师送出去很远。

我则继续"战斗"。为吸引孩子们的注意力，每堂课前，我都会从四大名著中选出一个人物，以故事的形式呈现给孩子们。我给他们讲《水浒传》里"黑旋风"李逵的故事——大闹江州劫法场：话说晁盖等人去救宋江，却见一个黑黢黢的彪形大汉手握两把板斧，大吼一声，手起刀落，砍翻两个刽子手。众军头都去挡他，哪里挡得住，他抡着板斧，杀得血流成河……

我见有孩子张大了口、瞪圆了眼看着我，自以为讲得精彩，得意地比喻道："黑旋风"一板斧一个人头，像砍西瓜一样……

孩子却急了，问："警察为什么不抓这个黑人？"

我愣了一下，想给孩子解释"黑旋风"不是黑人，是梁山英雄。但在孩子面前我一时语塞。我或许明白了几分，孩子们有属于他们自己的世界，在他们简单的世界里，一个像砍西瓜一样砍人头的人是成不了英雄好汉的。

难道教育就一定要先改变孩子的简单世界吗？我非要煞费苦心地让孩子们明白，那个砍西瓜一样砍人头的"黑旋风"是英雄好汉吗？

孩子们对英雄好汉的故事没有热情，倒是喜欢听我讲"一个和尚和四个宠物的历险记"(《西游记》)，他们听后在课后还会讨论，哪个孩子像孙猴子一样调皮，哪个孩子像猪八戒一样贪吃……最后说我像那个和尚师傅——总是爱骂人。

时间紧迫，课堂纪律又总不能达到我预期的效果，我讲完故事要

讲课，孩子们很快又炸开了锅。我用教鞭狠狠地拍打黑板，孩子们才
暂时静下来，仍有一个叫惠芊的小女孩自顾自地低着头，不理会我。
我压制着暴怒走过去，只见她脚背上趴着一只毛发凌乱的流浪狗，她
正用竹签戳了肉丸喂它。我认识那条毛发凌乱的流浪狗，它经常被其
他毛色体面的大狗追咬。好家伙！竟然把我的"战场"当成避难所。

　　教室成了动物避难所，成何体统？我跺跺脚，要将流浪狗赶出教
室，可这条流浪狗不慌不忙地起身，从课桌下钻过去，懒洋洋地躺在另
一个孩子的脚背上。我追到那头，它又不紧不慢地钻回来。我竟然被
一条流浪狗当猴耍弄，还当着学生的面。如是几次，逗得孩子们哄堂

大笑。

我终于气急败坏，抓起一把扫把，咆哮一声，用扫把重重地拍打桌腿，流浪狗受到惊吓，惨叫一声，蹿了出去，再也不敢靠近教室。

所有的孩子都惊呆了。泰国是一个温和的佛教国家，他们或许从未见过身边的人如此暴怒。我也自知失态，可惜悔之晚矣。那一节课，没有一个孩子再调皮。但从他们的眼神里，我深切感到了比调皮更让我绝望的东西，孩子们都中规中矩地坐在座位上，不敢低头调皮，也不愿抬头看我，我失去了学生对老师最基本的信任，变成了一个想要控制他们的陌生人。

这种无声的沉默，令我感到窒息。教师最大的悲哀，莫过于失去孩子们的信任，走到孩子们的对立面。

我本以为这种沉默会持续很久，可我真是太不了解孩子们的天性了。第二节课，我从前门进教室，几乎所有的孩子都起身大喊："弄弄，掰，遛掰遛掰……"（"跑，快跑。"）

在孩子们急促的叫喊声中，那只又溜进教室寻求庇护的流浪狗慌忙从后门蹿了出去，径自逃远。继而，教室仍是炸开锅，似乎上节课我的暴怒已是上个世纪的事。我这才明白，想通过大发雷霆来维护师道尊严是多么愚蠢的事。

第二天，我在校门口遇见惠芊在买晚饭。她个子太矮，费力地踮着脚尖，我便顺手帮她从手推车上取晚饭。她要了一份凉拌木瓜丝，要多加些辣，又要了一份肉丸，却叮嘱不加一点辣。我觉得奇怪，便问其故。她回答说，肉丸不加辣，是因为弄弄不吃辣。

我问她"弄弄"是谁，她满怀敌意地看了我一眼，便不说话了。旁边的孩子笑道：老师，"弄弄"不是一个名字，是泰国话"弟弟"的意思。

原来她这份肉丸要分弟弟吃。我见惯了挑食厌食的样子，她却懂得关照弟弟，看着她懂事而可爱的样子，我心里感到暖暖的。旁边的孩子又补充道：弄弄就是被老师撵出教室的小狗。

我愣了一下："可那只是一条流浪狗！"

孩子说："老师，泰国没有流浪狗，行善的人不仅会供养寺庙里的僧人，也会供养没有主人的小狗，我们供养这条小狗，就是小狗的家人……"

惠芊似乎鼓足勇气，抬头问我："老师，那些大狗总是欺负弄弄，它很可怜，老师不保护它，为什么也不让我们保护它？"

这一问，我哑口无言。

孩子们已不再信任我。我想做些事来补救，我愿意诚心去向那条小狗道歉，所有孩子都把那条小狗当作家人，只有那条小狗原谅了我，才能消除我和孩子们的隔阂。可小狗总是对我避之不及，我心里清楚，我绝无可能在短期内取得孩子们的信任了，更不要妄想去驾驭他们的课堂——大刀阔斧地革新华心学校的计划就此泡汤。我能获得董事长的鼎力支持，却灰溜溜地败给了一条小狗。

离开华心学校那天，我特别希望孩子们能带着小狗来送我，可我等了很久，并没有一个孩子前来。孩子们的世界就是如此简单，喜欢就喜欢,不喜欢就不喜欢!这是我执教经历中最狼狈的一个月,也是最幸运的一个月,我庆幸自己没改变那群孩子,反而是那群孩子让我反思,让我作出改变。

魏老师回国后,我无意间看到一篇她发表在《湄南河》副刊上的散文《泰北的雨季》。她描写了一群生机勃勃的孩子,光着脚丫,在大雨滂沱里追着皮球奔跑……在她的文章里我似乎听到了那群孩子的笑声,感受到了雨水的酣畅和孩子们成长的快乐,也感受到了魏老师的睿智。魏老师才是懂教育的人,她走到孩子们中间,微笑着陪伴孩子们成长,而不是冠冕堂皇地借教育之名去控制孩子们的生长。

后来的两年,我承担清迈教联高级中学的教务主任一职,接触到天南地北来的很多支教大学生,有北京大学、清华大学的支教团,有复旦大学的支教生,更多的是云南民族大学、红河学院和昭通学院的实习大学生。他们来来往往,长的半年,短的三个月,很多人在离开前,都会对我说:"你要对学校的教务负责,要设法彻底改观这所华文学校的现状,不然这群没规没矩的孩子就彻底废了!"

他们的忠告,无外乎改善课堂纪律,规范教学形式,严格考试制度等。他们中有的人可以说是接受了中国最好的高等教育,他们已经适应了国内学校里的生活,可他们到华人村支教的这段时间,突然发现那些孩子在学校里是另一种状态,他们为之感到担忧,想让这群孩子走上"正轨"。可在教学实践中孩子并不买他们的账,所以在离开前他们把对孩子们的善意和忠告留给我。

有一位在北京大学攻读博士的支教者，结束了仅仅 17 天的支教体验后，找了几篇关于规范课堂教学的论文给我。我感谢他的好意，并告诉他："林博士，即便您把北大的管理制度原封不动地搬到这里，这里还是成不了北大。"其实这句话我是对我自己说的，曾经我也天真地以为，想要大刀阔斧地革新华心学校，只需要把健全的管理制度生搬硬套过去。其实我忽略了最为重要的，孩子们有他们各自的成长土壤，不顾实际地盲目嫁接只会让孩子失去最可贵的本真。

学校不是批量生产产品的工厂，我和他们都曾迫切地想要改变那群孩子，让他们变得更好。可后来我才明白，其实他们一直没有改变，可他们一直很好。

我回到彝州工作后，时常会想起那只惨叫一声蹿出教室的流浪狗，以及孩子们对我失望之后令人窒息的沉默。他们时刻提醒我，即使我没本事教会孩子们多少知识，也要努力教会孩子们去爱；即使我没能力教会孩子们去爱，也千万不能破坏孩子们的爱；即使我不能走进孩子们的世界，也不能冠冕堂皇而又粗暴地破坏他们单纯而又明亮的世界。

（本文原载于《云南教育》（小学教师））2021 年第 Z2 期，有删改。）

# 随时去留学：选择的自由

劳骏晶 [*]

    李奈在飞机降落前向下端详，一簇簇低矮平房连成方正的一片，构成了这个国家最大的城市。这里是布隆迪，一个位于非洲东部的小型内陆国家，是经联合国认定的最不发达国家之一。

    李奈，是布隆迪有史以来第一个中国留学生。

    2022 年 10 月 30 日，当飞机落地布隆迪最大的城市布琼布拉，李奈仿佛穿越到了 20 世纪七八十年代的中国。穿过空旷的跑道，她走进那个仿佛是中国小城市火车站的机场，跟着人群堵在出口处。出口还要安检，她只能堵在人群里，看着安检机器慢悠悠地吐着行李。

    她在布隆迪的留学生活就此开始了。

    去非洲、北欧、东南亚，像李奈这样的年轻人，勇敢地"游牧"到这些国度，尝试着在这些拥有完全不同游戏规则的环境里生活、学习、体验。在那里，他们不用担心高昂的留学费用、激烈的竞争，以及"反

---

\* 劳骏晶，《看天下》杂志记者。

向留学"——身边老师同学都是中国人——因为这些地方足够冷门。

美国国际教育协会数据显示，中国学生高等教育阶段十大热门留学目的地分别为美国、澳大利亚、英国、日本、加拿大、俄罗斯、德国、法国、意大利、新西兰。然而，随着留学人数越来越多，以及留学热门国家竞争越来越激烈，冷门国家就成了性价比更高的选择。

## 在"县城"读研究生

在布隆迪的第二天早上 5 点，李奈就被院子里的公鸡叫醒。随后，她在学校里逛了逛，被同学们当作"异类"盯了大半天，并在晚上体验了当地最重要的娱乐生活：喝酒和聊天。半年后，她在这个酒吧请全班同学喝了一顿酒，啤酒平均 7 元人民币一杯，一晚上下来只花了一两百元。

李奈是参与母校北京外国语大学公派项目来到这里的，配合"一带一路"倡议，在这里学习隆迪语，同时修历史专业。

布隆迪大学时间表与中国完全不同，学期结束没有寒暑假，只在第一和第二学年中间有两周左右的假期。师资也很紧张，60 小时的课时被压缩在 10 天左右上完。李奈要跟着当地同学一起，从早上 8 点连续上课到下午 2 点，中间只有 45 分钟左右的休息。

适应高强度的学习需要花时间。课堂使用的是法语，教室里没有多媒体，通常老师说什么她就听写下来，课后再花成倍的时间自学讲义。遇上不给讲义的泰斗老师，她苦不堪言，只好先偷偷哭一会。

作为"前无古人"的留学生，李奈遇到困难，也没办法找到中国留学生交流。这是留学小众国家常遇到的问题——孤独。

李奈和她的布隆迪同学。她所在班级，包括自己在内，只有 3 名女生。

方宗伟也是如此。

2019 年，方宗伟被瑞典于默奥大学录取，攻读硕士学位。那个夏天，他从广州出发，一路往北去，先后在赫尔辛基和斯德哥尔摩中转，花了 16 个小时到达于默奥。他对瑞典的第一印象就是在飞机上俯瞰到的阿兰达机场，不同于被居民区围绕的中国机场，"阿兰达机场周围大多数只是树林和零星的田野，房屋只是这广袤图景中的一两个点缀"。

于默奥是瑞典北部最大的城市，但放在国内，也就是一座县城的水平。人口密度是 46.9 人 / 平方千米，几乎是北京的三十分之一。方宗伟用一天时间，就能逛遍整个城市。

到一座县城大小的城市读研究生，是什么体验？一开始，方宗伟觉得空旷，走在街上遇不到几个人。但他很快习惯了这里安静的生活，同瑞典人交上了朋友，参加他们的酒会和派对。

只有极夜是方宗伟无法适应的。长期晒不到太阳导致的维生素 D 不足让人感到生理性抑郁，极夜的日子总是伴随着窗外厚重的积雪，他通常窝在有暖气的屋子里，买菜也只是一周去一次。

他不得不学会与无聊相处，用阅读和写作，尤其是给朋友写信，来打发北欧这漫长的冬季时光。

## 他们需要一张文凭

"杰西哥"是个女孩，她在国内最高学历是"中专"——一个完全没有竞争力的学位。2014 年，19 岁的她中专毕业，在一家小公司做文员，拿着 2000 元的月薪，每天过得迷糊又茫然。

父母劝她考个大专，但杰西哥觉得大专文凭改变不了现状，想考个本科几乎是不可能的。"专升本"则考虑到花的时间精力与学位的含金量，性价比更低。有一天，杰西哥忽然想到，为什么不去国外拿一张本科学历？她中专学的是商务英语，英文成绩一向不错。

留学费用高昂，她的家庭不可能负担得起，美国、英国不用考虑了。杰西哥搜索免学费的国家，得到的第一个条目是：芬兰。而且，其教育质量并不低，其高等教育在全球能排进前十。目标就这样决定了。

杰西哥说，2014 年，当时大约有 1 万人申请去芬兰留学，而该国向中国人开放了 6000 多个名额，竞争压力远远小于英、美、澳。

一开始，父母不同意，她带着自己的一点点存款，再向朋友借了一些，就登上了前往芬兰的飞机。

芬兰生活费一年最低也要五六万元，杰西哥咬着牙一边读书，一边打工挣生活费。在国内被说成"高冷""孤僻"的她，竟意外适应北欧的空旷。她拥有独处的能力。

欧美热门留学地不光学费高昂，还意味着更激烈的竞争。这时，小众留学成了逃开内卷的有效方式。

方宗伟当初也是这么想的。

他是兰州大学生物专业的学生。在生物专业的就业市场，本科文凭毫无竞争力。2019 年即将毕业时，方宗伟面试过一线城市专业对口的工作，对方提供的工资很低，几乎无法维持生活。而他最终能拿到的工作 Offer，是在一家房地产公司运营新媒体。

身边的同学们都在忙着准备保研、申请留学，或者同时准备两者。一向心态很好的方宗伟，此时也终于被身边人汹涌的焦虑情绪传染了。

方宗伟意识到，自己还是需要一个硕士学位。他喜欢自己的专业，也愿意继续学习。"一直觉得自己考研英语和政治过不了"，就想去国外看看。

方宗伟并不厌恶竞争，他只是想避开那些无意义的、同质化的竞争。在考研、找工作、申请热门国家留学的道路上，挤满了焦虑的年轻人。而在当时方宗伟他们选择的小众留学道路上，内卷的漩涡尚未形成。

## 选择的自由

如今，"内卷"这个人类学概念在中文网络有了独特含义。

按照人类学家项飙的描述是："不断抽打自己的陀螺式的死循环""一种不允许失败和退出的竞争"。

总有"陀螺"厌倦了转圈，想获得一个新方向。已经 30 出头的黎笑笑和她丈夫，就是这样。当黎笑笑拿到芬兰大学的 Offer，向公司辞职时，领导和同事都在说："真好，不用卷了。"

黎笑笑夫妻 2022 年决定出国留学。两人做了一个表格，搜集国家、学校、专业、费用、就业环境等等信息。等条目攒到 100 多时，黎笑笑有了方向，她想去学游戏设计，用游戏来表达自我。

芬兰有着强大的游戏工业，"愤怒的小鸟"母公司就在芬兰，因此与游戏相关的高等教育也很发达。申请的过程仍然累人，有些学校甚至要求先上课，用考试成绩申请。黎笑笑夫妻的周末，全都花在了学习上。

／出国排队安检的人群

最后，两人竟幸运拿到了同一个学校同一个专业的 Offer。两人去吃了一顿阿根廷菜，连带着为阿根廷拿下世界杯一起庆祝。

在班级的聊天群里，黎笑笑发现，被全球公认社恐的芬兰人，在线上挺热情的，她有些害羞地说自己 30 出头年纪不小了，同学们赶紧反驳：你远远不是我们中年纪最大的。

在这些国家，大部分人读完本科就会工作，而读研究生中的很多人，则是工作了一段时间，想要继续在某个专业领域进修，或者通过读研换一种人生的可能性。不久前，方宗伟一个芬兰朋友就辞去工作，重新念了全新专业的硕士学位，他已经有了两个硕士学位。

方宗伟感慨，那样的环境中，他们可以随时放弃现有的工作、已有的学历，重新去学点新东西。国内似乎不是这样，别说去念书，辞职本身就需要巨大的勇气和决心，生怕就此会在竞争中被远远抛下。那是一种一步错、步步错的环境。年轻人的每一步选择，都似乎要小心翼翼。他对此厌倦无比。身边重新读研的外国同学，则让他看到了选择的自由，以及人生的多样性。

在准备留学的日子里，黎笑笑也会不自觉地期待着未来的生活，完成学业、积累经验后，她希望开一间自己的工作室，她想要芬兰特有的木屋风格，里头是北欧的装修，放上巨大的植物。她还想做一款与自己生活经历相关的能表达心情的游戏。

黎笑笑期待一种理想环境，在那里，努力不再被称为"卷"，而是单纯地叫"奋斗"。

虽然是小众国家，但终究还是给他们呈现了一个更大的世界。

在布隆迪，李奈感受到了另一种竞争，那不是内卷，是纯粹的生存压力。她贫穷的同学们会因为付不起交通费而缺席学校的活动，会不得不翘课打几天零工来补足学费和生活费。在布隆迪最好的大学里也是如此。

马路上，人们会推着没了油的面包车走，会一群人徒手扶起一根栽倒的电线杆。

作为00后的李奈没经历过物资匮乏年代，她把这些见闻告诉父母，爸爸感慨，她这是穿越到中国20世纪六七十年代了。

在学习布隆迪语言时，她读到了村民走一晚上找医生的故事。学习历史时，她艰难地分辨着混乱政局中那些被刺杀的政要。学着隆迪语、读着布隆迪的历史，李奈忍不住与这个国家共情。课堂上，她开始与同学们讨论，为什么布隆迪这么贫穷。现在，她关心和思考着这个国家的症候。

这一刻，海外留学本身的意义超越了学业竞争，她开始考虑那些原本在国内从没有注意到的东西。

（本文原载于《看天下》2023年第21期，有删改。）

人物

故事

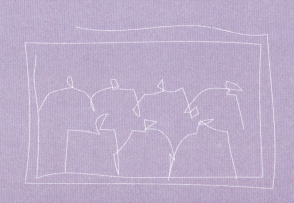

# 俄罗斯二手车的拓荒、暴利与新战场

王文彤[*]

2024 年 1 月，魏英（化名）第一次到俄罗斯首都莫斯科，考察俄罗斯汽车市场。

下午四点到达机场后，天已经黑透了。在零下二十七八度的严寒下，她和翻译直奔莫斯科最大的中国汽配城——莫斯科天雅。与想象中繁华的都市景象不同，当天汽车城内人很少，而且并没有感受到热情。

"他们看到我们有一点烦躁，马上就摆手说我有固定的合作伙伴，不需要你。"她回忆道。

虽然是 00 后，但魏英已经是一家贸易公司的国际业务负责人，公司主营业务是汽车平行出口，新车在国内完成上牌、落户、上完保险后（期间不上路），再以二手车的名义出口到海外，也被称为"零公里二手

---

* 王文彤，《中国企业家》杂志记者。

／销售人员正在向顾客讲解车辆

车"。这些新车有的是从主机厂买来，有的是来自新车经销商。

　　所谓的"平行"，是指出口渠道与主机厂在目的地直接授权的经销渠道相"平行"。在海外市场上，类似中国汽车贸易商的开拓故事并不少见：有人倒卖爆款车型理想 L9、吉利星越 L，价钱直接翻倍；有人第一桶金赚几十万元，一年流水近一亿元；有人交易周期拉得太长，国外买家资金出现问题，几千万元的车款打了水漂……

　　与一开始就瞄准俄罗斯市场的贸易商不同，魏英所在的公司先是在老挝和菲律宾市场试水，同时一直在关注俄罗斯市场的相关动向。

　　"俄罗斯市场很卷，我们小公司不太好进入，但是它也很大，我们不想放弃。"她说。

第一次在莫斯科的行程并不顺利。一个月后，她又去了俄罗斯在远东地区最大的城市符拉迪沃斯托克（海参崴）。从哈尔滨起飞，仅一个多小时后，她就站在了这片土地上。她惊讶地发现，这里比莫斯科更繁华、物资更丰富、中国人也更多。与中国品牌随处可见的莫斯科相比，海参崴街头的中国品牌汽车还不太常见。坐在海参崴的餐厅里，翻看着标有中文的菜单，魏英觉得有把握了。

目前在俄罗斯境内设立官方渠道的只有少数车企。在做平行进口的生意人们看来，只要能抓住时间窗口，还有赚钱的机会。

## 从 0 到 1

从事汽车行业的贸易商绝大多数是深耕车市多年的"老炮"，魏英这个 00 后女生显得有些"另类"。2023 年 3 月，刚从英语专业毕业的魏英跟国内经营二手车业务的老板一起，在长沙开始做汽车平行出口生意。刚开始，父母强烈反对，怕她被骗。现在她的保底年薪在长沙的同龄人中处于较高水平，公司也分成国内支持团队和四个海外门店两部分，加起来有 50 人左右，位于柬埔寨金边的第五家门店也将在 8 月份开业。

公司之所以能活下来，主要原因是找到了一条汽车平行出口的差异化道路，即开辟不同的市场。

公司选定的第一个市场是老挝的高端电动车市场。2023 年 4 月初，公司老板去老挝首都万象考察合作伙伴（经销商）的情况，考察的内容，除了合作伙伴的经济实力，还有社交媒体平台经营情况和人脉关系网。一个星期之后，老挝的合作伙伴来到长沙，为第一笔生意选车。看到宝马 i7 时，他眼前一亮。

"他看到这台车就很激动，说老挝当地还没有这台车，一定要买下。当时这台车在国内的采购价要 120 万元左右，我们也想借这台车打开当地富人市场。"魏英说。第一笔生意就这样谈成了，6 台车从长沙启程，远赴老挝。魏英粗略估算，这一趟下来每辆车的运输成本不到 1 万元。第一笔单子的利润率在 20%—30%，这更坚定了公司加码老挝市场的信心。很快，公司在老挝租下了 600 平方米的展厅。

魏英回忆道，早期卖得最好的车型是大众 ID. 系列，除去中间各个环节的成本，单车利润在 4 万—5 万元。不过，到 2023 年年底时，越来越多的中国同行涌入了老挝市场，大量铺货、打价格战，加上关税的不断变化，利润也在不断降低。同样的大众 ID. 系列，单车利润下降到 1 万—2 万元。

"去年大众 ID. 的产品已经被市场玩坏了，今年我们重新选择了阿维塔 11 测试市场。今年 6 月之前，利润还非常可观，但是慢慢地市场也反应过来了，利润也在一点点下滑。"魏英说。

在俄罗斯市场，魏英也希望能找到不同的切入口。公司决定借助之前在国内二手车行业的积累，在俄罗斯做 3—5 年车龄的二手车出口，以油车二手车为主。现在，公司出口俄罗斯的线路是从长沙出发，经绥芬河口岸出境，在俄罗斯的乌苏里斯克口岸入境，再运送到符拉迪沃斯托克（海参崴）的门店。整个过程一共需要 7—10 天，都采用陆路运输，一台车的运输成本是 5000—6000 元。利润方面，公司的客户以 C 端客户为主，一台十几万元的车可以获得 3 万元左右的利润。B 端客户的利润稍少一些，不过这类订单只需要将车送到口岸，流程更短，手续也更加简单一些。

"我们在俄罗斯的最终目标还是发展新能源汽车。不过由于天气、新能源汽车后续的维修等原因，现在时机还不成熟。"魏英说。

## 经验与胆量的生意

11 年前，汽车记者李阳（化名）开始关注汽车金融领域，离开媒体行业做二级经销商，之后投资 4S 店。投资越来越大，李阳的利润却越来越低。2023 年 5 月，在跟朋友交谈之后，李阳决定孤注一掷。他关掉了在重庆经营的两家亏损的 4S 店，用开店积累的 100 万元作为本金，开始做汽车平行出口的生意。

据他测算，同样的资金体量下，这个生意可以给他带来 10% 的毛利，除了人工等中间成本，到手的毛利也在 5% 以上。当时的他认为，自己发现了一个富矿。后来他发现，这一行是"十人九死"。"跟我同一时间入行的商家，十有八九在半年时间倒闭了，只有我坚持了下来。"他说。

在他看来，做平行出口的生意，需要经验与胆量，汽车和外贸知识也缺一不可，还需要对每个目标市场的政策、标准烂熟于心。贸易商的经验丰富程度，通常决定了生意能做多大。一个贸易商手中至少上百万元、十几台车。车在路上、尾款没结的每一刻，都像在等待另一只靴子落地。在价格环节，也不能抱有侥幸心理。

5月，李阳仅仅提高了1%的车价，销量立刻从正常情况下的每月上百台锐减至二十多台。"价格方面失去了优势，你就连跟别人竞争的资格都没有了。"他说。

汽车平行出口赛道至少有五类人参与其中：国外买家（有经销商也有个人买家，以经销商买家为主）、国内贸易商（拥有资质的出口试点企业或没有资质、与试点企业合作的贸易商）、国内供货商（主机厂或汽车经销商）、国内和国际物流方、维修厂。李阳的公司就属于国内贸易商之一。国外买家根据自身需求，跟国内贸易商联系、签订合同，由国内贸易商采购汽车、办理手续、完成清关，从出关地交付国际物流发送到买家手中。

以俄罗斯线路为例，国内贸易商多分布在成都、西安、天津等城市，车辆从这些地方被送往新疆霍尔果斯口岸，之后经由吉尔吉斯斯坦首都比什凯克发往俄罗斯境内城市。因与俄罗斯签有关税协议，经由比什凯克发往俄罗斯可享受更低关税。

霍尔果斯口岸是每个汽车贸易商都不陌生的地点，这里是中国最大的汽车出口陆路口岸。要在平行出口这条赛道上生存下来，获客能力和业务布局也至关重要。在长期从事汽车平行出口的冯辉（化名）看来，

"谁能找到客户，谁就能自己当老板。"

2015年，他开始从事汽车平行进口生意，2019年时，国家开始开放汽车出口，但当时，他认为国内的二手车性价比不高，也没有形成标准化体系，出口难度较大。他选择先观望市场，同时不断积累客户资源和人脉。到2022年时，市场中的玩家越来越多。截至2022年12月6日，国家公布了第三批二手车试点企业名单，拥有资质的试点企业数量达到471家，交易的主力也变成了以二手车名义出口的新车。

市场大热，没有出口资质的企业也跃跃欲试，通过各种办法与试点企业合作。冯辉的公司就是其中之一。2023年年初，他的公司以汽车出口服务为切口，帮助试点企业采购、上牌、办理手续等，杀入了这个赛道。

多位此前从事国内二手车贸易或汽车平行进口的贸易商表示，政策变化加上国内传统二手车利润的大幅下滑，是他们转行的重要原因。赵谦（化名）在加入现在这家公司之前，是国内新能源汽车经销商。2023年9月，他去沙特、俄罗斯市场考察，看到国外对中国汽车品牌的认可度和巨大的价差，决定关掉国内的新能源汽车展厅，投身汽车出口行业，加入现在这家公司——这家公司现在是江苏省民营企业中汽车出口销量的前列，在2023年3月拿到了企业出口资质。

## 下一个战场

随着俄罗斯陆续出台相关政策，对汽车进口多有限制，更大的挑战出现了。

据俄罗斯滨海媒体网报道，2023年10月1日起，对于友好国家，在俄罗斯设立官方渠道的品牌车辆，在出口至俄罗斯前必须先取得厂家授权。另外，所有车辆必须获得OTTC认证（俄罗斯车辆型式认证）后才可出口到俄罗斯当地。

冯辉回忆道，2023年10月，西安的平行出口数量迎来最高点，保守估计一天有500辆汽车发出。2024年2月，俄罗斯又颁布了第152号法令，要求通过欧亚经济联盟国家（俄罗斯、哈萨克斯坦、白俄罗斯、吉尔吉斯斯坦和亚美尼亚）转关进入俄罗斯的汽车补缴节省的关税。这条法令从4月1日起开始实施。从2月到4月，贸易商们经历了一段"最后的疯狂"，低价甩卖囤积在比什凯克港口的汽车。之后，出口数量急剧下降，在2024年6月底，一天连50辆都难以保证。

周丰（化名）在十年前进入汽车进口行业，2021年转向平行出口。据他判断，低价清关漏洞被堵上是迟早的事。据他观察，两个月间，绝大多数商家不计成本地清库存，尽可能减轻亏损。他的公司也以略高出成本价2000元的价格清掉了200台左右的车。他估计，经过这次政策变动，近期中国汽车在俄罗斯的出口量比巅峰时期下降了一半左右。除了俄罗斯的政策变化，行业参与的门槛也在降低。

2024年3月以前，只有试点企业有资格开展汽车出口业务。3月1日，国家全面放开二手车出口资质，"试点时代"结束。这也意味着，平行出口行业的竞争会更加激烈。

利润从哪来，还是不是一门好生意？这是刘宇（化名）的抖音视频评论区里讨论最多的问题。"中国的平行出口生意才刚开始，要找准自己的市场定位。把大家教会之后，将来咱们都是合作伙伴。"视频里的刘宇说。刘宇的抖音账号有 56 万粉丝，大背头、黑色网球衫、金色腕表是他视频中的标配形象。他的置顶视频中标明，只要 99 元 30 节课就可以全面了解中亚俄市场。他还在腾讯会议进行一对一付费咨询。

贸易商们看来，现阶段的平行出口是为主机厂在海外的布局投石问路，既能为汽车品牌打出口碑，又能帮主机厂降低试错成本，让后续主机厂抢占市场更加有的放矢，也能让真正的二手车出口发展起来。"有了新车的好口碑，二手车的品牌才能打响。"冯辉说。

一个普遍共识是，贸易商们的下一个战场是真正的二手车出口。俄罗斯和中亚的市场饱和了，还可以去中东、非洲、东南亚。

"随着中国新能源汽车崛起，全球的新能源汽车都在不断革燃油车的命，这个过程应该还很长。我相信总有机会。"赵谦说。

（本文原载于微信公众号"中国企业家杂志"，有删改。）

# 在肯尼亚做国家劳工部的特别助理

黄泓翔[*]

年少的时候我跟随父母去过世界很多地方，这次却是第一次独自一人出行。忐忑地向父母表达自己去非洲的愿望后，没想到他们特别支持。叮嘱我一番后，父亲还与我分享了许多他以前生活在非洲东部坦桑尼亚的趣事：他第一次去坦桑尼亚的时候，忘记打疫苗，为了不在当地打疫苗，他在机场的保安眼皮下逃走；他也曾在国家公园里，离狮子只有10步远的地方悠闲地喝下午茶。

父亲的描述让我对我的旅行也充满了期待，急切地想走出去，看一看自己能和肯尼亚碰撞出怎样的火花，能否做一些力所能及的事情。

## 初识肯尼亚

去之前，我知道非洲肯定与西方媒体所展示的形象有所出入，但脑

---

\* 黄泓翔，国际公益与国际教育工作者。

海里很难勾画出一幅完整的画面，只能联想到坑坑洼洼的马路和破破烂烂的房子。但到了肯尼亚，我发现这里和我想象的完全不一样。

城市里不乏高楼大厦，也有咖啡厅、国际品牌和大购物商场。最让我吃惊的是巨大的贫富差距——我们在肯尼亚的消费比在国内还要高出许多，但在一般的街区以及贫民窟，他们的生活环境和水平和我们日常接触到的大相径庭。

我此次田野调查的课题是中国企业在肯尼亚的劳工问题和劳工纠纷。我还记得我母亲曾经和一个在非洲开公司的中国人聊起劳工问题，那个人回答她："啊，就是去年因为工伤死了人嘛。"母亲后来跟我说："你看，在非洲的中国公司对当地雇员还是这么原始的态度。"

当我在肯尼亚的中国工地上和当地雇员聊天时，我问他们："你们每天这样工作累不累？"这些肯尼亚人说："中国人总是在工作，他们太勤奋了。但对于我们来说，我们更想享受每天的生活。"在我们的沟通中，我发现大多数当地人可能习惯拿了工资之后就去喝一杯，翘两天班之后再去上班——他们和中国员工的工作理念就有所出入。

这些巨大的文化差异、语言交流的隔阂、企业管理方式的不同让中国企业在走出去的过程中经常遇到劳工问题。

## 不是调查，是调研

刚开始做调研的时候，我的辅导老师李老师带我去一个中国餐厅吃饭。黄老师说："你可以找中国餐厅的老板模拟一下，如果你见到一些

／与建筑工地中的中国人聊天

企业高管或者是工头，你要怎么跟他们聊？"

"你好，我是来调查你的劳工问题的。"我走到老板面前这样开口，差点引发了误会。李老师赶忙在旁边纠正我："不是调查，是调研。"

后来我渐渐学会在调研的时候先和他们唠唠家常，介绍我们是来自中国的学生，以及我们正在做的事，在和他们建立较为熟悉的关系之后，再引入劳工话题。在无数次试错过程中，我慢慢摸索学习如何向陌生人作出专业而有亲和力的自我介绍，如何在聊天中准确地获取自己需要的信息。

李老师和我尝试从各个方面了解中国企业在肯尼亚遇到的劳工问题：戴上安全头盔跑遍了肯尼亚各大建筑工地，了解本地员工的诉求；

换上西装敲开劳工部的大门，了解官员手上中国企业的案例以及他们在处理案件方面的困惑和难处；穿梭在钢筋水泥之间，与中国工头们一起交流讨论，了解他们管理当地员工的种种不易。经过大量采访，我将自己的观察写成了一篇英文文章，发表在国际中非关系领域的权威平台上，并获得了美国主编的采访。

对于高二的我来说，在非洲做学术调研是一段神奇而又特别酷的经历，让我第一次和第三世界建立了奇妙的联结。我还记得有一次我去中国公司在肯尼亚修建的大型购物商城工地上做采访，遇到一个当地人，在简短的聊天过程中，他特别热情地向我介绍肯尼亚文化，后来我回国之后我们还一直在网络上保持着联系。尽管去过很多国家，那是我第一次感觉和当地人距离如此之近。

离开的时候，我在朋友圈里写道："在肯尼亚的生活充满惊喜。"

## 非洲虽然不够发达，但它给你的机会特别多

我觉得很多学者到一个地方进行了一系列的调研，和当地人建立了比较深刻的联系，调研结束他们就离开了，把自己的调研成果发表，取得了非常好的成绩，但他们以后可能再也不会回到曾经调研的村庄，和村民有进一步的沟通。虽然他们因为发布了这样的调研让更多人关注到了当地存在着这样的情况，引起大众对这类话题的重视和讨论，也是有着深远的意义和价值。但是对于我来说，非洲这段调研经历不仅对我有用，我也想真正为非洲做一些事情。

于是，在高二暑假，我再一次来到肯尼亚，不是以观察者而是以实践者的身份，尝试帮助肯尼亚劳工部解决中国企业在当地的劳工问题。

你也许无法想象当地的政府机关怎么会把所有的中企劳工案子都交到在他们眼里像小孩子的两个"弱女子"身上，也无法想象中企的长辈们怎么会愿意相信和支持我们的工作。但是李老师曾经说："在非洲，没有什么不可能的，而且做什么你都是第一人。"

是的，非洲虽然不够发达，但它给你的机会特别多。

我和我的助教"兔子姐姐"在没有任何关系和介绍的情况下，敲开劳工部的大门，成功见到了劳工部部长和其他工作人员，和他们交流我们在中国企业中的调研发现，并真诚地表达了我们希望帮助他们解决问题的意愿。一个劳工部的官员激动地拉着我说："我给中国公司打了好几次电话，他们都说要来。问他们要资料，虽然说要给但是最后都不了了之，我对于这些案件非常头疼。"

真的没有什么不可能的——我成为肯尼亚劳工部的特别助理。那是我少有的如此喜欢并希望做成的事情。

我们的日常工作就是坐在劳工部办公室里和前来投诉的非洲员工面谈，了解他们的基本工作情况、被辞退的原因、需要的赔偿金额。了解他们的需求后，我们开始查证他们的工资单，确认他们是正式工还是临时工，根据肯尼亚劳动法算出他们理应得到多少赔偿。

我还记得肯尼亚劳动法规定的是公司在辞退员工前一个月左右需要给员工发辞退通知，很多中国公司可能不知情就直接辞退员工。在收集齐资料以及确认员工诉求属实之后，我们会带着这些材料去和中国公司沟通，并让中国公司提供相应的资料。最后我们把中国公司相关负责人和投诉的员工一起叫到劳工部，和他们一起当面确认材料和赔偿。

处理了一些中国公司劳工案件之后，我们发现中国公司的管理人员对肯尼亚劳工法所知甚少，比如说对于提前几天要给员工发辞退通知、正式工和临时工有什么区别、如果临时辞退员工需要给多少补偿等问题，他们完全不了解。我觉得与其等到当地雇员去劳工部告中国公司，还不如从根本上解决这些问题。于是我和助教将协助劳工部处理案件过程中学到的实践知识制作成肯尼亚劳工法指南，发放给中国公司的管理人员。

这本小册子随后在中国企业间流传，成为那个夏天我留给肯尼亚最美也最有价值的小礼物。

2017 年 8 月，我又再一次回到非洲。这一次我参加了一个服务社区的社会企业实践项目，地点在加纳。

每天上午我给孩子们讲述中国传统故事。加纳乡村的电视机大概只有巴掌那么大，也没有智能手机，对外界的了解十分匮乏，他们甚至都不知道中国在哪里，以为在欧洲，甚至有学生认为日本是中国的首都。中国对于他们来说是一个完全陌生的国家。但十分可贵的是他们愿意去了解和学习。当我教他们嫦娥、花木兰的故事时，他们学得非常开心，还会在课下主动让我教他们更多中文，还有怎么使用筷子和毛笔。

下午我和项目的其他同学在社区做调研，设计社区的可持续发展以及盈利模式并在项目最后做小组展示。我十分惊讶的是现在来非洲做项目的同学都非常有思想，也非常聪明，我是以学姐的身份和他们一起过去的，但也从他们身上也学到很多东西。

也许第一次去非洲是抱着申请学校的实际目的，但这三段非洲旅程已经一步步为我打开了新的人生大门，我也真的爱上了非洲。

今年秋天，我顺利开始在美国顶尖文理学院阿默斯特学习。接下来我想在大学里修一门非洲舞，还想大三的时候去一个非洲国家交换。虽然现在也不知道未来的具体方向，但我唯一确定的是，我要做一些有意义的事。

从上海到非洲再到美国，我觉得人生就是一场实验。也许，不要把自己局限于眼前的事情，多尝试、多经历，探索更多的自己，这样，在不断探索的过程中，我们才能慢慢了解自己，找到自己真正想做的事情。

（本文原载于《遇见非洲，理解世界："一带一路"倡议下的中国青年实践》，四川人民出版社 2019 年版，有删改。）

# 在索马里海域护航

宋玺 [*]

　　2016 年 11 月的一个周六上午，我正在枪库擦枪，忽然被叫去接听一通电话。对方问我：宋玺，你愿意去执行护航任务吗？我当然答"愿意"，难得有这样的机会。对方没多说什么，通话结束。

　　但我无法平静了，在之后的夜晚，入睡前我都会心烦意乱，反复琢磨：我真的能去吗？在部队，正式命令下达之前，一切都是充满变数的，我深知这一点。终于 1 个月后，正式通知下来了，我入选赴索马里执行护航任务的第 25 编队。

　　后来我才知道，自己入选是因为部队在护航过程中可能会顺访沿途国家，与当地人士举行一些文艺交流，而我此前在连队的合唱比赛上担任领唱，正适合这项任务。全连只有我一人入选，我猜也许大家都对我暗暗羡慕吧。

　　几十天后，我随着舰队从湛江正式出发了。

---

[*]　宋玺，原中国人民解放军海军陆战队的一名人员，曾参与赴索马里执行海上巡航任务。

　　出发的头几天，面对浩瀚大海自然是很兴奋的。但很快，大海的威力开始显现了，经过南沙群岛的时候，风浪特别大，房间里的东西被摇晃得乱飞，别说站不稳，就连晚上睡觉都得紧抓着栏杆。

　　所有人都开始受到晕船的折磨。我们这艘军舰上只有 4 名女兵，有 1 名负责心理咨询的护士长，2 名跳舞的文艺兵，还有我。头几天，战友几乎整日趴在床上，一吃东西就吐。我们的护士长尤其严重，暴瘦 10 斤。我也晕得不行，不过抱着一种不能给陆战队丢脸的信念，还能勉强坚持着去食堂吃饭。

　　风浪特别大的一天，参谋长组织开了个会，只见他全程站着讲话，既不晃动，也不晕船，我心里满是敬佩。部队为什么需要树立榜样？因为在生理接近极限的时候，来自榜样的力量可以帮助你多坚持一会儿。

　　但船一直在晃，我感觉自己马上就要吐出来，后来已经没法集中精神听参谋长在说什么了，只剩最后一点意志力告诫自己，要忍住，不能吐。终于撑到散会，我迅速冲回房间，哇哇地吐了。

　　半个月后，大家的晕船症状才逐渐减退。我特别想跟着特战队员一起训练，但他们觉得我是女兵，不愿意带着我。毕竟从生理结构上男女就不一样，所以某些体能上的极限，女兵达不到男兵的标准。但是女兵可能更细心一些，从事一些技术类的工作更安全可靠。

　　我只好自己给自己加练，趁风浪小的时候在甲板上绕圈跑。甲板很小，一圈 30 米左右，风浪不大时我会跑上 6 千米。连队里的战友每天都在训练，我怕几个月后回去发现自己被远远甩在后面。

过了一段时间，我又提了一次申请。我说，我本来就是陆战队的，没理由不带着我训练。指导员同意了，第二天通知我去领装备。当天还是被吓了一跳，所有的装备包括手枪、步枪、弹药箱、头盔、防弹背心在内，往我手上一塞，差不多有 40 斤。

那两个弹药箱本应该让两名男兵班长扛的，指导员故意交给我，看我会不会知难而退。我的轴劲上来了，你不让我来我偏来，硬是背着那身装备随舰员们一同完成舱室搜索、战术演练等训练。第一天上午训练结束，我把头盔一摘，头发全部湿透，粘在一起特别像悟空。

他们看我似乎还行，从此就带着我一块训练。白天我跟着特战队员一块练，练习舱室搜索和防海盗警戒等战术；下午他们体能训练时，我一个女兵不方便跟着练，就自己在甲板上跑步或者俯卧撑。

我们在海上要进行各种侦察，主要是反海盗。如果发现疑似海盗靠近，我们要驱散他们；如果有商船被海盗劫持，我们要去营救。因此在船上也要进行反海盗演习。我看上去比较瘦弱，有时候会扮演人质。有时在半夜 3 点，演习指挥员也会突然拉响警报，整艘船立马行动起来。但我是女兵，夜晚就没有和男兵一起参加演习。

舰队上一共有 200 多人，每天的生活都很规律。我们在海上来回巡逻，从亚丁湾的 A 点航行到 B 点，每天睁开眼就是大海。

刚开始蛮新鲜的，后来就觉得枯燥了，毕竟在那样一个狭小的空间里。护士长会去走访各个舱室，看谁有什么问题，可以跟他聊一聊。闲暇的时候我们就读一下广播稿，每天晚上播放出来，稍微活跃一下整艘船的氛围。

也有兴奋的时候。一天，我们4个女兵正在房间休息，指挥员打来电话，让我们快到甲板上来。我们冲过去一看，居然是成群的海豚簇拥在我们的舰首，我特别怕我们的船撞上这些精灵们，但它们显然更灵活，游速甚至更快，鸣叫着、雀跃着。那个场景特别壮观。

说到护航，一开始我是抱着执行重大任务的期待出发的，参与护航主要是训练舰队长航能力、机动能力、补给能力等。但时间长了发现风平浪静，也没遇到什么突发状况，我们不免觉得有点无聊，心理上有些懈怠。

看到士兵们思想有松懈的迹象，指挥员和政委就会组织开会，告诫我们，讲过去的警示案例，让大家绷紧脑子里的弦。2017年4月，恰逢美军空袭了叙利亚机场，指导员召开了一次这样的会议，提醒大家提高警惕，以防局势动荡。

果然，过不了几天，我们就遇上突发情况了。

那天是4月8日，晚上我失眠了，出房间转悠。当时就感觉情况不对，大家也不互打招呼了，仿佛都有心事，空气中透着一股凝重。我一问才知，有海盗劫持了附近的一艘商船，上级派我们舰队的一艘军舰前去营救。

听到这个消息我内心怦怦直跳，因为前24个编队都没有遇到这种情况。这下自然是更睡不着了，我在心里默默期盼着战友们平安归来。

天亮的时候，终于传来好消息了，我们的战士成功解救了19名被劫持人质，海盗缴械投降，没有发生枪战，无人员伤亡。那些海盗都是附近国家的居民，食不果腹，生命安全也无法得到保障，于是铤而走险。

当时是午夜时分，执行任务的玉林舰抵达被劫货船附近的索科特拉岛西北海域，立即采取舰艇绕行、舰载直升机绕飞等方式，使用高倍望远镜、红外设备等观察手段查明情况，并与船员取得联系，确认所有船员均在安全舱躲避，但船上海盗活动情况不明。

9 日凌晨，玉林舰发起营救行动，16 名特战队员在我海军舰载机空中掩护下乘小艇陆续登上 OS35 号，迅速将船员解救出安全舱。

其实当时被劫商船发出求救信号后，也会被别国军舰接收到，但中国是第一个前去救援的，如果晚到的话，说不定被劫持的人质会遇到更严重的麻烦。我真心为自己身为舰队一员感到骄傲。

2017 年 4 月，接替我们的 26 编队抵达亚丁湾，我们的使命圆满完成，启程返航。

／海上日出

　　回国的时候，舰船一直往东开，几乎每天都比前一天少 1 小时，时差越来越大。我们开始失眠了。每晚凌晨，大家把床前的帘子拉开，发现每个人都大眼瞪小眼看着对方，根本睡不着觉。我就和其他女兵一起站在甲板上看星星、看月亮，一直看到那金光灿灿的红日跃出海面。这波澜壮美的海上日出，就像我们蒸蒸日上、日益强大的祖国，在海上谱写出的史诗般的美好华章。

（本文选自澎湃新闻官网，有删改。）

# 人形背景板初体验

詹世博[*]

国际剧集里的亚裔面孔，正在变得日常化。

引进《白夜追凶》《伍六七》《甄嬛传》《琅琊榜》等中国电视剧后，流媒体巨头网飞终于下定决心要花真金白银来拍摄华语剧集。而当我们把焦点从海报上的主演们，挪到一张张亚裔面孔的群演身上，观众滋生的好奇心又会发生变化：剧集里的中国群演都是哪里找的？福利待遇怎么样？在网飞当群演和在横店有什么区别？

启涵，就是网飞的中国群演之一。他被这座影视工厂以跨文化的方式安插在摄制流水线上时，他的观察，或许会让我们对当下最成熟的内容产出模式初步祛魅。以下，是启涵的答案。

## 从"人形衣架"到"人形背景板"

在成为群演之前，我做了 6 年模特。那时我在纽约读书，课余生活基本是在秀场和摄影棚里度过的。做得久了，你会发现模特能展现的东西其实很少，评价标准也很单一——除了外貌就是三围，职业的上升

---

[*] 詹世博，《新周刊》杂志记者。

185

空间也很有限。我逐渐认同了"模特就是有生命的衣架"这句话。

后来有一天，我无意间点进了一个群演招聘网站，没想太多就注册了，并填了一大堆资料。大概一周后我就收到了一封邮件，说是有个剧组在招募亚裔群演。

为了保密，邮件里不会透露具体的剧名，只会告诉你制作公司、你要扮演的形象和剧目大概的类别。如果群演需要在剧里吃饭，或者故事有明显的宗教背景，他们都会提前询问。如果你是素食主义者或者有特殊信仰，可能会另有安排。

我收到的邮件里提到，这是一部代号 Straight Shooter 的剧，制作公司是网飞。我一直对大型影视剧制作流程很好奇，而且听说这类剧组的福利都很好，于是就报名了。

后来我意识到他们的招募邮件应该不是群发的，而是有针对性的。填资料的时候，除了外形、族裔和三围以外，他们还会询问你此前的工作经历，比如做过酒保之类的会加分。

报名后大概一周，我就收到了录取邮件。当时是 2021 年 4 月，正式拍摄之前，除了试妆，我们还需要去基地做核酸检测。

那也是我第一次去网飞的基地。网飞基地是在伦敦的西南面，印象中有很多巨大的白色摄影棚和后期基地。

接我们的巴士和放服装的小棚上面贴的标识都是 Straight Shooter，工作人员给我试的是小军装，但是另外一个同组的群演，试的又是中国古代士兵的衣服。我当时还有点纳闷，网飞究竟要拍什么，横跨中国那么多朝代。

试装和验核酸分别花了我的两个半天，但是也都给了补贴。我住在伦敦市区，离基地有点远，不过来回都有班车接送。

还有一件事让我印象较深，当时我那批试妆的就 5 个人，但是妆发师有 30 个。光是试妆，每个人就要花费大概三四十分钟，我很难想象它全部的人力成本会有多高。

## 拍 4 小时，换 3000 元

正式拍摄的那天要起得很早，班车是凌晨 3 点从伦敦市区出发的，大概开了一个小时才到基地。群演们穿好衣服之后，都被安排在一个大帐篷里等待拍摄。帐篷门口会有一个餐车，供我们挑选早餐，有土豆、西红柿、烤肠和鸡蛋，每样都可以来一点，是比较英式的那种口味。

去片场拍摄的时候，我们的手机也是可以带进去的。现场的群演很多，但从来没有出现过因为电子设备发出声音而影响拍摄的情况。

拍到第二天的时候，有个群演朋友根据演员的台词推断出了剧名，那时我才知道我们拍的是《三体》。我没有看过《三体》原著，印象中它是一部科幻小说，但是当时的布景感觉就像是我在小学时在电视上经常能看到的那种革命剧，实在是有点割裂。

后来我才知道，我们当时拍的就是第一集开场的那一幕，那场戏的群演大概有 300 人。正式拍戏的时候，大家都被聚在一个大操场里。我们没有具体的台词，只记得当时导演让我们每个人都挥舞着一个小红本，尽可能地"发疯"。

那几天我经常会有一种错觉——我好像一下子回到了初中第一天参加军训的时期。我从高中起就不在国内读书了，已经很多年都没有见过这么多华人穿着一样的衣服，喊着同一句话。但时不时出现的英文搭讪，还是会一秒让我回到现实。我意识到很多群演不是中国人，就算是华裔也不一定会说中文，所以导演助理和我们讲戏时都用英文。导演和演员都是中国人，他们反而会用中文交流。

群演的工作强度比想象中小很多。我们每天最多拍 4 个小时，几乎每拍摄半小时到一小时的时候，导演就会让我们回帐篷休息一下。帐篷里有暖气，还有工作人员准备的毯子、热茶和零食。

除了早饭以外，午饭也是免费提供的，会分普通、普通素食和严格素食。一般都是主食＋蔬菜＋蛋白质＋甜品的组合，茶和咖啡全程都放在桌上自取。如果超过晚上 6 点收工，还会有卷饼之类的食物可以带到回城的大巴上吃。

整个拍摄过程中，只有一个大哥因为要照顾孩子中途退出了。这种情况下，不会扣除一整天的费用，只会折算他在场的时间。而就算"鸽"了剧组，也不会影响他下一次继续做群演。在网飞，我没有听说哪个剧组有类似群演黑名单之类的东西。

大概过了一个月我就收到了酬劳，平台扣除 15%—20% 的中介费后，到手是 1300 英镑左右。除去拍摄前验核酸和试装的两个半天的报酬，群演的日薪约为 340 英镑。

| Category 分类 | Activities Covered 活动包括在内 | Fee 费用 |
|---|---|---|
| Category A A 类 | Change of Clothing and Haircut/Shave 更换衣服及理发/剃须 | £21.00 |
| | Unused change of clothes per set (capped at a maximum of 3 sets of clothing) 每套未使用的更换衣服(最多3套) | £10.50 |
| Category B B 类 | Doubling, Special Clothing, Sports Equipment and Inclement Weather/Wetting Down 双人、特种服装、运动器材及恶劣天气/淋雨 | £21.00 |
| Category C C 类 | Firearms, Swimming, Driving, Stills and scans, Minimal dialogue, Specialised dancing, Domesticated animals 枪械，游泳，驾驶，静态和扫描，最小对话，专业舞蹈，家养动物 | £27.86 |
| Category D D 类 | Creative Reaction, Uniforms, Specialised Driving, Provision of Car 创意反应，制服，专业驾驶，提供汽车 | £33.98 |
| Category E E 类 | Lookalike Doubling, Stand in and Dialogue 翻倍，替身和对话 | £56.27 |

| Rates of Pay for Artistes 艺人工资率 | 1st March 2023 – 31st December 2023 2023年3月1日至2023年12月31日 | | |
|---|---|---|---|
| | Standard Day & Continuous Working Day 标准工作日及连续工作日 | Standard Night & Continuous Working Night 标准夜和连续工作夜 | Shift Call 值班 |
| Basic Daily Rate (BDR) 基本每日汇率 | £101.54 | £152.30 | £63.46 |
| Holiday pay on BDR BDR 的假日工资 | £10.93 | £16.40 | £6.84 |
| Overtime per 30 minutes including holiday pay 每30分钟加班，包括假日工资 | £10.55 | £15.81 | £10.55 |
| Public Holiday (PH) Rate 公众假期收费 | £152.30 | £228.46 | £95.19 |
| Holiday pay on PH rate 假日工资按 PH 值计算 | £16.40 | £24.61 | £10.25 |
| PH Overtime per 30 minutes including holiday pay 每30分钟加班费，包括假日工资 | £15.81 | £23.73 | £15.81 |

／官网公开的群演薪资

这比我之前做模特的日薪要高一些，但是如果算时薪的话，还是模特好一些。我之前接走秀的活动，一天能赚 250 英镑左右，但是每天只需要付出四五个小时的时间。我在网飞做群演能拿到 300 多英镑的日薪，更多还是来自早开工和每天工作超过 9 小时的加班费用；如果只是正常工作，到手的基本日薪也就 100 多英镑。

我感觉大家应该都是来体验生活的，所以很少有人在意具体的福利。当然，如果第二次来的话，那应该就是为了赚钱，毕竟这对学生而言，算是一个赚外快的好机会。

剧集播出后，我发现我所在的那场戏只出现了 5 分钟，而当时我们拍摄了整整 3 天。我的朋友一开始看《三体》剧集是为了找我，但是后来看着看着就被剧情吸引了。从这个角度来讲，网飞的翻拍似乎也不算太失败。

但如果之后还有做群演的机会，我很可能会拒绝。

## 群演不是演员

我知道，海外的演艺氛围已经相对很友好了，欧美群演也会比模特圈子的人素质更高，但我真正想做的还是演员。

《三体》是大制作，但在其中当群演的经历我还是没法写进简历里，因为群演对演技没有硬性要求，我的演技也很难因为做群演而得到提升。

做群演的时间成本也很高，经常需要早起，而且大部分时间是在等待，过程其实蛮无聊的。《三体》的群演大部分是学生，很多也都是第一次来，且基本没有学过表演，我倒是经常遇到学设计和传媒的。

很少人指望通过群演来实现所谓的明星梦，欧美演艺圈有个心照不宣的共识：群演是不能算作演员的。虽然在我看来，群演和演员都是平等的，没有高低之分，毕竟一部制作如果没有群演，也没有办法运作。

不过也有例外。我遇到过一个韩国人，是个全职群演。他告诉我他很喜欢表演，也担心继续做群演会离演员的道路越来越远，但他也没有其他途径，毕竟这已经是他能够接触到的离舞台最近的地方了。

我和我一些学表演的同学也聊到了这个事情，有些人反倒觉得群演是可以去做的。对于还没有稳定收入的人来说，这笔钱可以支撑你继续学习表演，你也可以观察有经验的演员在镜头前的表演状态。我不完全认同，所以做过几次群演之后，我就报了一个表演班。每次上表演课，我都能进入心理学中所谓"心流"的状态。

我们一共 7 个班，每个班大概 12—15 人，只有我一个中国人。有人问我担不担心遇到种族歧视，我暂时没有这方面的顾虑，起码目前接触到的欧美演员群体还是很友善的。相比之下，反而是模特行业对亚裔不是那么友好，尤其是年龄比较小的模特，他们经常会有很不懂事的那一面。

更多的时候，歧视与个人有关，与群体无关。尤其这几年，亚洲的影视剧逐渐进入全球视野之后，欧美影视圈对于亚裔面孔的需求量其实一直有所增长。

　　但作为一个中国人，想在欧美做演员，我觉得最大的问题其实还是语言。我自认英语水平尚可，中学时就出国了，当时考过一次雅思，是6.5分，本科和硕士也都是在英语区国家读的。在理解剧本方面我没有问题，只要不是类似莎士比亚的那种风格的语言，我基本能看懂。但是演出的时候，还是会因为英语台词的问题卡壳。

　　这么说吧，一个专业演员用母语记台词都需要一定的时间，何况一个非母语的非专业演员了。用英语记台词，再用英语表达出来，这确实是有难度的。据我观察，这几乎是每一个非英语母语的演员都会遇到的困境。

　　除了语言以外，东亚人的内敛性格也可能导致其在表演方面比较吃亏。再外向的中国人，在西方人看来都比较内向。很多时候我需要和对手很熟悉，才能进入角色。但对欧美人而言，他们普遍状态都比较放得开，可能在一场戏还没开始的时候，就早我们一步进入状态了，会更容易拿下角色。

　　当然，这个可能和他们从小学就参与此类表演有关，很多人的舞台经验都很丰富。我印象比较深的是，在高中时，我参加过一次话剧活动，当时我一直担心自己演不好，因为这个角色离我太远了，但我同学告诉我，演员就是为角色服务的，你应该忘掉自己本来的性格。

　　在欧美做演员还有一点好处是，这边并没有很强的社会时钟的概念。30岁，你不会被世俗的眼光要求一定要事业有成。我自己也不是一个想去遵循东亚社会强加给我的时间步骤的人，所以我在28岁依旧可以考虑转行做演员。

幸运的是，我在去年刚上完表演课时，就被经纪人看中，签了演员公司。虽然我厌恶鸡汤，但我的经历告诉我，一个不是表演科班出身的人，也可以在 30 岁时重启人生，这个世界上，从来没有什么时刻是真正的"晚了"。

（本文原载于微信公众号"新周刊"，有删改。）

# 记住卡尔加里的清晨

苗安迪[*]

## 高中住家生活篇

回来有一年了，还总是会想起以前疯玩的时光，颇有感慨。我把以前的生活碎片串在一起，分享给大家，就先从高中开始说起吧。

高中就去加拿大卡尔加里留学的孩子，在住宿方面，大体就是两个选择：一是自己找地方住，二是住在寄宿家庭里。如果是自己住，则需要找一个监护人才行，可以是同学家长、自己的亲戚，也可以请中介帮忙找一个。如果住寄宿家庭的话，就没有找监护人的麻烦了，但是，这个寄宿家庭的质量就完全随缘了。我在高中 4 年半前后住过 3 个寄宿家庭，我属于运气很好的，碰到的每个寄宿家庭人都很不错。我也听到过不少关于寄宿家庭不好的例子，比如说给你做饭吃不管饱的、网费和水电费要平摊的（本来就已经包含在房费里了）、直接让你住地下室的，还有天天夫妻吵架，搞得学生晚上睡不着觉，但是他们一听说你要搬走就

---

\* 苗安迪，加拿大留学归国青年。

撕破脸的……各种奇葩都有。当时没有遇到这种寄宿家庭是真的很幸运了。现在回想起来，我和我的寄宿家庭（也叫"住家"）基本上都是美好的回忆。

记得有一次，住家买了半车的肉，塞满了一冰柜，后来快坏了，他们两口子带上我们俩学生，拼了命地吃，每天中午晚上都吃肉馅，薯片上面也涂上肉酱，吃了一整周，愣是把半个冰柜的肉给吃完了。

感恩节圣诞节住家会做火鸡，有一说一，这个肉是真的柴，也就每年过节吃上一次，吃多了会咽不下……当时感恩节做完火鸡，住家直接用保鲜膜包一个大鸡腿让我带去学校，至今都忘不了同学看我抱着一个超大鸡腿中午在那里啃时，那满脸羡慕的表情。

冬天的时候，住家会带着我去班夫玩。有一次开车带我去玩，说是去滑雪，结果到了才知道是怕有危险，让我玩那种幼儿园级别的赛道，而且是坐雪圈。不过我玩了一整天，也非常的快乐，当天回酒店沾枕头就睡着了。

2013年带我去路易斯湖，我第一次看到这种清晨蒙眬的山，就被深深吸引住了，后来哪怕我搬出去了，每年还是会去跟朋友去看一眼。

当时我住得比较靠南边，冬天上学最头疼的就是路面结冰，一场雪没结束，另一场又开始了，整个人行道冬天一直是冰，走着那叫一个费劲啊。

寄宿家庭后院地势比较低，加上有个向下的楼梯，下雪很容易有积雪。

/ 路易斯湖

　　起初，推开门，看到积雪堆满半个门庭，我一脸惊讶、手舞足蹈，蹦了半天也不知道为什么那么开心。但是兴奋劲儿一过，拍个照，也就老老实实地走正门去了……总不能从这里挖出去吧。后来这种情况见得多了，也就习惯了。想象一下你打开后院门，从积雪中取出一瓶可乐是什么感觉。后院门变成了冰箱门，也是一种有趣的体验。

　　住家附近的鱼溪公园，里面满是大树和野草，有条小溪，还有条小路可以跑步，没有任何游玩设施，夏天人还特别多。估计都是吃完饭遛弯、锻炼的吧。

　　后来2015年搬家了，搬到了新的住家，伙食什么的确实不如从前。女房东是个素食主义者，她做的晚饭经常是沙拉加鸡蛋，汉堡里生菜加得满满的，没有一点肉沫。男房东做晚饭的话，会烤肉给我吃，奈何他下班回家太晚……

新住家养了两条大狗，姐妹关系，一条大黑狗、一条大灰狗，就爱去我屋子的床上滚，我出门就把房门关上，回来总看到狗子在我门口趴着。见到人那叫一个热情，是属于贼进屋子跟它握个手，它能带着贼去偷钱的那种狗子。

新住家后面有个大悬崖，悬崖下面好像是埃尔博河的一支分流，印象里挺高的，有阶梯可以爬下去，爬一个来回要喘上好半天。夏天经常有孩子在这里玩水。

再到后来又搬家了，在第三个住家里住了半年，住家养了只猫，叫Pebble（鹅卵石），我觉得这个名字挺可爱的。这猫就爱别人撸它，特别使劲的那种，你不使劲撸它，它就过来蹭，还不让你走……

第三个房东是我第二个房东的朋友，之前搬家是因为我再上半年课就毕业了，第二个房东需要找一个能住满一年的房客，就把我这种半年的介绍到朋友家了。当时房租每个月 900 加币，相比以前贵了 150 加币，但是伙食好了很多，每周五房东都会做牛排。

第三个男房东爱弹吉他，我晚上"浪"回来比较晚，经常看到他坐在篝火旁，对着猫弹吉他唱歌，房间被壁炉篝火照得忽明忽暗，一个大老爷们对着猫特别温柔地唱歌，猫就随着歌声弯着腰，露着大肚皮，看到这种场景大老爷们心都化了。

当时住在 17 大道，一条街全是吃的喝的，走 10 分钟就到市中心了。我经常跟着房东去酒吧，他喝啤酒我喝可乐，炸鱼薯条整上两盘，他是土生土长的卡尔加里人，女房东是英国加拿大双国籍，没事就爱问中国都有什么美食、旅游景点之类的，男房东在20世纪90年代到过中国，对中国很有好感，看到外媒丑化中国时，他会思考是不是真的。

2017年上大学后，我就搬出去住了。跟前几位房东也经常联系，他们拿我当朋友，我也很感恩和他们相处的那些时光。4年多时间，来来回回搬了几次家，没遇到无理取闹的房东，也没遇到把脸撕破的房东……我的运气真的很好！

## 高中在学校生活

刚出国时我什么都不懂，连加拿大的地理方位都没个数。我妈原计划是跟着我在加拿大住至少1个月，后来待了一两天，说这边人太少了，没什么意思，就回国了……

刚上高中时，我的英语不太好，单词不会几个，句子也不怎么会说。第一天的第一节课是给国际学生的，我特意早去了半小时，想着找几个中国朋友，结果坐在教室里，看着同学们一个一个进来，有黄头发的、白头发的，还有个绿头发的，就是没看见黑头发。快上课了，来了个一眼看上去好像是亚洲人的学生，我就用中文，扭扭捏捏地问："你是中国人吗。"那哥们当时愣住了，思考了一下，点了点头，估计是没想到有人会跟他说中文吧。我兴奋极了，拍着椅子，招呼他来我身旁坐。这一坐，就是做了10年朋友。

总体来说，高中遇到的人都是非常友善的，现在回想起来，最令我惊讶的是，整个高中，无论是白人、黑人还是黄种人，大家关系都非常融洽，说话也热情随和。4年半的高中时间里，我愣是没有感觉到丝毫的种族差异或文化割裂。感觉大家什么都能聊到一起去。当时的我对种族歧视这个词完全没有概念。有天放学，我看到一个小哥被人捆着好几圈绳子，乐呵着蹦了好久，当时我就想着要不要把我身边那位，跟我一起上下学的，开学第一天就认识了的好朋友，也捆上两圈……最后考虑到伤害朋友感情，没有付诸行动。

学校里人才也特别多，那年美术课留的作业是设计一张钞票，旁边那个韩国老哥准备画一座加拿大国家电视塔，然后把这张画印在更大一号纸上，用作钞票设计的背景。仅用一节课时间，人家就完成了杰作。

高中最难忘的餐厅，就是学校对面的日式小饭馆，说是日式便当，却很像中国的盖浇饭，米饭上面撒上菜和肉，我一吃就吃了4年半。我记得刚才说过的，第二个住家经常做素食，在那段时间，是这个小饭馆救了我。

4年半后，高中毕业了，学少玩多，最后考了79分，去卡尔加里大学读经济学。

## 大学生活

大学轻松很多，我也没什么大目标，踏踏实实不挂科，顺利毕业就好了。

当时经常出门玩，上午和朋友兜一圈，中午吃上一顿，回学校玩一会牌，下午再整上一杯甜点。夏天晚上去公园里转两圈，日子过得十分惬意。看到我的一位学姐的相册里收集了一个湖的一年四季，春夏秋冬的照片，每一个季节都美得别有韵味。我感叹自己在这里生活这么多年，都没做过这种收集工作，我的相册里只有湖水冬天结冰的照片。

在卡尔加里永远都有一种感觉，就是天空很壮阔，自然很伟大，人很渺小，有时候抬头看着天高云淡，这种舒适又弱小无力的感觉，印象很深。

这里物价也很便宜，牛排10多加币就能买到一大块，煎一块带着米饭吃，简单又满足。当然，我也有做牛排翻车的时候，朋友就会问我：你做的这个是什么呀？是煤炭吗？然后我们就一起没心没肺地笑起来。

自从疫情开始，好多事感觉都不一样了。时间似乎一眨眼就过去了，有时我现在会感觉一阵恍惚：好像我还在2020年。

2021年我就回国了。我是属于玩多学少，反面教材，不太建议各位小伙伴们效仿。在这里真心给各位海外学子一句忠告：该学习学习，该上课上课，心思还是要放在学业上。不要辜负青春，也不要辜负家人的付出和期盼，要对你自己的未来负责。

我在国外见过各种各样的留学生：有家里真有家底，出去玩几年后回家继承家业的；有出国认真学习，回国闯下一片天地的；也有家底不够殷实，出国玩得有点过头没有拿到学位证的；人数最多的，还是出国没有学得非常优秀，也没有玩得放飞自我，回国后平平凡凡地继续他们的人生的。无论你将来结束留学生涯之后，会成为上述的哪一种人，我都希望你不会后悔成为这样的人。无论你是奔着成为哪种人去选择、去奋斗的，我都希望你不后悔今天的决定。时间列车没有往返票，开过去就不再回头。

我的留学经验是：国外无论是生活还是社会制度，都不一定有中国的好，我辈少年应当树立文化自信，学习西方科技长处，取其精华去其糟粕，再结合自身的优势，回国造福我国人民，这才是正道。

留学数载，感觉自己高人一等的，不长志气反长怨气的那群人，祖国不需要，社会不需要，人民更不需要。好好学习，踏实做人，学成归来孝敬父母，报效国家。不要忘了你当初跋山涉水、远赴海外的初心。

不忘初心，方得始终。